TKKG

TKKG

GESUCHT: GOLDSCHATZ!

Von Martin Hofstetter
Mit Illustrationen von COMICON S.L./Beroy + San Julian

KOSMOS

Umschlagillustration von COMICON S. L. / Beroy + San Julian
Innenillustrationen von COMICON S. L. / Beroy + San Julian
Umschlaggestaltung und Layout von Guter Punkt, München

TKKG, Gesucht: Goldschatz!, erzählt von Martin Hofstetter
Nach Motiven von Stefan Wolf mit freundlicher Genehmigung der SONY MUSIC Entertainment Germany GmbH

Rotfolien-Testfeld

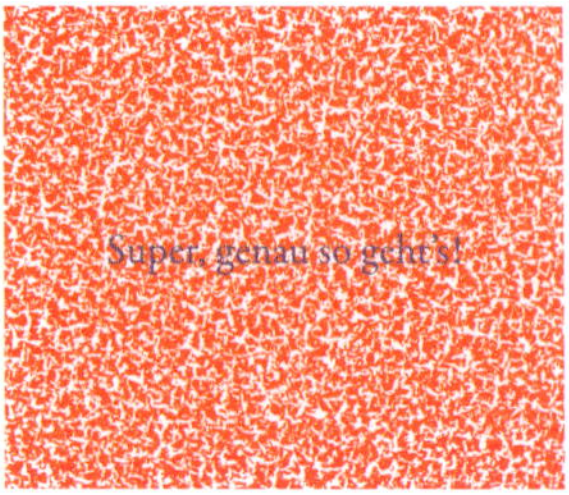

MIX
Papier | Fördert gute Waldnutzung
FSC® C084279

Gedruckt auf chlorfrei gebleichtem Papier.

ISBN 978-3-440-17786-0
Redaktion: Lea Hille, Nina Seitz
Lektorat: Linda Sturm-Becker
Produktion: Verena Schmynec
Innenlayout und Satz: Sigrid Walter
Druck und Bindung: Print Consult GmbH, München
Printed in Slovakia / Imprimé en Slovaquie

HERZLICH WILLKOMMEN …

… in der Millionenstadt! Wir vier von TKKG stehen kurz vor unserem nächsten Abenteuer, ein kniffliger Fall rund um den rätselhaften Schneefürsten und einen versteckten Goldschatz wartet auf uns. Und auf dich! Nach jedem Kapitel findest du ein Rätsel, das du lösen musst, um zum nächsten Kapitel zu gelangen. Mit den Hinweisen ganz hinten im Buch kannst du deinem detektivischen Spürsinn auf die Sprünge helfen.
So, und jetzt tauchen wir ein in die tief verschneite Millionenstadt. Viel Spaß beim Ermitteln und Rätseln!

Tim, Karl, Klößchen und Gaby

UNHEIMLICHER SCHATTEN

Mit hellem Glöckchenläuten setzte sich das antike Karussell in Bewegung und Kinderaugen glänzten. Auf dem Weihnachtsmarkt am Domplatz herrschte reges Treiben – immerhin war es Samstagabend und die Einwohner der Millionenstadt ließen es sich trotz der Kälte nicht nehmen, die schönste Zeit des Jahres in vollen Zügen zu genießen. Die einen mit einer Karussellfahrt, die anderen mit gebrannten Mandeln und Glühwein. Auch Tim, Karl, Willi – von seinen Freunden liebevoll »Klößchen« genannt – und Gaby, kurz TKKG, hatten den Abend auf dem Weihnachtsmarkt verbracht und waren jetzt auf dem Heimweg durchs Villenviertel. Heute würden die vier Freunde zusammen bei Klößchen übernachten. Die dicke weiße Schneedecke, die sich in der letzten Nacht über die Millionenstadt gelegt hatte, dämpfte ihre Schritte.

Tim schien irgendwie die Wärme des Sommers zu speichern, denn er trug nur einen dicken Pulli statt einer Winterjacke. Gaby, von deren blondem Haar nur der Pony unter ihrer Mütze hervorlugte, wiegte ihre verschränkten Arme vor der Brust.

»Es ist kalt, legt mal ’nen Zahn zu, Jungs!«, sagte sie.

Klößchen, der zukünftige Erbe des Sauerlich-Schokoladenimperiums und größter Fan von dessen Produkten, kratzte sich am Kopf und rückte seine rot-weiße Weihnachtsmann-Mütze zurecht. »Mach's wie ich, Gaby, und wärme dich am Gedanken an die heiße Schokolade, die uns zu Hause erwartet!«

»Es ist nicht wegen mir, sondern wegen Oskar!«, antwortete Gaby lächelnd und drückte ihren geliebten schwarz-weißen Cockerspaniel unter ihrer Winterjacke fester an sich. »Er zittert total.«

Natürlich wollten die anderen weder Gaby noch Oskar hängen lassen und beschleunigten ihre Schritte.

»Ich weiß immer noch nicht, was ich mir zu Weihnachten wünschen soll«, sagte Klößchen schnaufend. »Ich hab doch alles, was ich brauche: Freunde und Schokolade!«

»Noch mehr Schokolade vielleicht?«, schlug Tim vor.

Klößchen schien ernsthaft darüber nachzudenken und kratzte sich dabei erneut am Kopf.

»Oder eine Weihnachtsmann-Mütze ohne Flöhe!«, scherzte Gaby.

Klößchen grinste. »Das wäre eine Idee. Die hier juckt echt schrecklich!«

»Ich hab auch alles, was ich brauche«, meinte Tim und Gaby stimmte zu.

Nur Karl, den sie wegen seines phänomenalen Gedächtnisses auch »Computer« nannten, sagte nichts.

Gaby stupste ihn an. »Erde an Karl! Noch da?«

Karl, der ganz in Gedanken versunken war, zuckte zusammen. »Sorry, ich grüble an einem Rätsel herum, das gerade in der Schule kursiert. Habt ihr schon davon gehört? Es geht so: Bei einer Fahrscheinkontrolle in der Straßenbahn weisen zwei Väter und zwei volljährige Söhne drei Einzelfahrscheine vor. Der Kontrolleur inspiziert die Fahrscheine genau, nickt schließlich und geht weiter. Warum?«

»Warum? Warum?«, rief Klößchen genervt. »Keine Ahnung! Weil er nicht zählen kann? Weil er korrupt ist? Wen kümmert das überhaupt? Sag mir die Lösung, Karl, dann hab ich den Kopf frei, um mich wieder auf die heiße Schokolade konzentrieren zu können!«

Tim, Karl und Gaby lachten. Aber als ihr Blick auf den Schatten einer Villa fiel, den der Vollmond auf den sanften, schneeweißen Hügel darunter warf, erstarrten sie mit einem Mal. Der riesenhafte Schatten hatte das Aussehen einer unheimlichen Fratze. Fletschte sie ihre Zähne? Lachte sie?

Klößchen gefror das Blut in seinen Adern.

»Was zum Henker!«, flüsterte er.

Oskar knurrte erst und begann dann zu bellen.

»Schatten ist nur die Abwesenheit von Licht«, murmelte Karl, als wollte er sich damit selbst beruhigen.

»Weißt du, wer dort wohnt, Klößchen?«, fragte Tim leise.

»Nope«, war die Antwort. »Aber ich glaube, das Haus wird hier von allen Schneevilla genannt.«

»Schaut mal!« Gaby zeigte auf die Villa. Hinter ihren Fenstern irrte der Schein einer Taschenlampe umher.

»Also, entweder sind dort oben alle Sicherungen durchgebrannt, oder es handelt sich um einen Einbrecher«, sagte Karl.

Plötzlich blendete ihn der Lichtstrahl aus der Villa und erlosch dann.
»Sieht nach Letzterem aus«, entschied Tim und schon rannten TKKG querfeldein den verschneiten Hügel hinauf. Als sie die Villa erreichten, fischte Karl eine Taschenlampe aus seinem Rucksack und knipste sie an. Er war stets für jeden Fall gewappnet.
»Das Fenster neben der Eingangstür ist kaputt«, flüsterte er.
Lautlos gab Tim den anderen ein Zeichen, ihm zu folgen, und stieg durch das Fenster in die Villa ein. Kurz darauf standen sie alle in der dunklen Eingangshalle.
»Soll ich meinen Papi verständigen?«, fragte Gaby leise. Ihr Vater war Hauptkommissar bei der Kriminalpolizei und bestimmt der Grund für Gabys angeborenen Spürsinn.
»Wir sehen uns erst mal um«, flüsterte Tim und schlich über einen riesigen Teppich.
Karl leuchtete mal hierhin, mal dorthin. Als ein mächtiger Spiegel den Schein seiner Taschenlampe auf ihn zurückwarf, schnappte er vor Schreck laut nach Luft.
»Pssst!«, machte Klößchen und legte einen Finger auf seine Lippen.
Die Villa wirkte unbewohnt. Neben einem schwungvollen Treppenaufgang stapelten sich eine Menge Umzugskartons. Oskar knurrte sie aus der Ferne an. Vorsichtig bewegten sich TKKG auf die Kartons zu, als ein Geräusch sie erstarren ließ. Tim zeigte auf die Kartons und nickte. Er ließ sich von Karl

die Taschenlampe geben und schlich weiter. Seine Schritte verlangsamten sich, während sein Puls immer schneller wurde. Die Spannung knisterte förmlich in der kalten Luft. Dann machte Tim einen kleinen Bogen und leuchtete hinter die Kartons. Ein spitzer Schrei erklang und Klößchen spürte, wie ihm das Herz in die Hose rutschte. Hinter den Kartons hockte ein Mädchen, unter dessen roter Mütze braune lockige Haare hervorquollen. Mit großen Augen sah es TKKG an.

»Hanna!«, rief Gaby. »Du bist doch in unserer Parallelklasse!« Mit einem Mal war die Anspannung verflogen.

»Ihr? Hier?«, brachte Hanna hervor und richtete sich auf. Sie war groß und schlank, ein bisschen wie Karl.

»Wohnst du hier?«, wollte Klößchen wissen.

»Ja. Also, nein. Beides«, stammelte Hanna.

»Also bist du hier eingebrochen?«, fragte Gaby.

»Eingebrochen? Nein, ich hab doch einen Schlüssel.« Hanna zog einen großen, altmodischen Schlüssel aus ihrer Jackentasche. »Aber ich habe gehört, wie Glas gesplittert ist. Da habe ich mich versteckt!«

Plötzlich knurrte Oskar wieder. Im Schein von Hannas Handytaschenlampe sahen TKKG, wie sich ein Waschbär durch das zersplitterte Fenster trollte.

»Dich gibt's also auch noch! Mich so zu erschrecken!«, stieß Hanna lächelnd hervor.

Doch nun war es Zeit für ein paar Erklärungen, fand Karl,

denn schließlich konnte man in einem Haus nicht gleichzeitig wohnen und nicht wohnen.
»Es geht um meinen Urgroßvater, den Schneefürsten«, begann Hanna zu erzählen. »Er war ein wunderlicher Kerl, der Rätsel und Spielereien liebte. Zum Beispiel ließ er seine Villa so umbauen, dass alle paar Jahre, wenn der Vollmond an der richtigen Stelle am Himmel stand und Schnee den Hügel bedeckte, der Schatten der Villa eine unheimliche Silhouette zeichnete. Damit wollte er seinen Zeitgenossen einen Schrecken einjagen.«
»Sehr witzig«, murmelte Klößchen und schüttelte sich bei der Erinnerung an die unheimliche Fratze. »Aber damit wissen wir noch immer nicht, ob du jetzt hier wohnst oder nicht.«
»Bis vorletzte Woche habe ich hier gewohnt. Mit meiner Mutter. Aber nach dem Tod meines Vaters konnten wir uns das nicht mehr leisten, so eine Villa ist echt teuer im Unterhalt. Deshalb hat meine Mutter sie verkauft. An eine Architektin. Die ist heute Nacht nicht da und deshalb bin ich hier.«
Und dann rückte Hanna mit der ganzen Wahrheit heraus. In der Bibliothek im ersten Stock war Hanna vor ein paar Wochen über das Tagebuch ihres Urgroßvaters gestolpert. Es enthielt geheimnisvolle Andeutungen und eigenartige Zeichnungen, ganz hinten standen seitenweise Zahlenkolonnen. Hanna war überzeugt, dass ihr Urgroßvater einen Schatz versteckt hatte, den man nur durch das Lösen einer ganzen Reihe von Rätseln finden konnte.
»Ein Goldschatz?«, fragten TKKG fast gleichzeitig.

»Ja! Ganz sicher!«, antwortete Hanna. »Darum bin ich hergekommen. Der erste Hinweis müsste sich hier in der Eingangshalle befinden. Aber wo?«
Karl leuchtete mit seiner Taschenlampe umher und fand eine Inschrift über der Eingangstür.
»Verneige dich vor denen, die spielen können, und schürfe tiefer!«, las er vor.
»Diesen Satz habe ich nie verstanden«, sagte Hanna und zuckte mit den Schultern.
Während Tim, Gaby, Karl und Hanna anfingen herumzurätseln, ließ Klößchen den Kopf hängen. Für ihn war Rätseln die reinste Form der Zeitverschwendung. Genervt starrte er auf den Teppich unter seinen Winterstiefeln. Und dann passierte es: Es machte *Klick*.
»Verneige dich und schürfe tiefer!«, rief er. »Der Teppich!«
»Der liegt schon da, seit ich denken kann. Der ist uralt«, bemerkte Hanna. Dann fiel es ihr selbst auf. »Na klar! Der ist uralt!«
Zu fünft rollten sie die riesige Auslegeware zur Seite und betrachteten das steinerne Mosaik, das darunter zum Vorschein kam.
»Du bist genial, Willi!«, rief Hanna aus.
Klößchen wollte sie gerade bitten, ihn »Klößchen« zu nennen, da redete Hanna schon weiter. »Im Tagebuch gibt es einen Hinweis zum ersten Rätsel. Er lautet:
Die Schönheit der Geometrie ... Sieh dich ruhig satt!
Es zählt nur, was vier gleiche Seiten hat!«

Kannst du TKKG und Hanna helfen?
Ja? Dann schlag deine Lösung hinten im
»Anhang der Zahlen« ab Seite 132 nach!
Nein? Dann knoble weiter oder hol dir ganz hinten im
Buch ab Seite 135 einen Hinweis mit der roten Folie!

VOLLE KONZENTRATION

»Okay, das war leicht«, stellte Klößchen fest. »Übrigens: Den ersten Schokoladenadventskalender der Welt gab's im Jahr 1958. Das habe ich neulich nachgelesen. Ich habe aber leider nicht rausgekriegt, wie viel Gramm Schoko da in jedem Türchen zu finden waren!«

Hanna notierte die letzten Worte aus dem Anhang der Zahlen auf ihrem Zettel. Die Spannung in der dunklen Kammer stieg.

»Los, was haben wir?«, fragte Klößchen ungeduldig.

Hanna räusperte sich. »Nimm die fünf Messingplättchen und schiebe sie richtig in die Schlitze der Steintruhe! Von breit nach schmal ... bis die Lösung erscheint!«

»Die letzte Aufgabe!«, flüsterte Tim. Die Luft knisterte förmlich, als sich die fünf um die Vorderseite des Steinklotzes sammelten.

»Die Striche markieren verschiedene Positionen der Messingplättchen«, stellte Karl fest.

»Ich glaube, die Angaben zu den anderen Rätseln, die dabeistehen, sind eine Art Sicherung. Damit nicht jemand zufällig auf diesen Ort stößt und sich den Schatz holt, ohne alle Rätsel gelöst zu haben!«, vermutete Hanna.

»Wow!«, entfuhr es Klößchen.

»Haben wir die Lösungen der genannten Rätsel parat?«, fragte Gaby. »Dann los!«

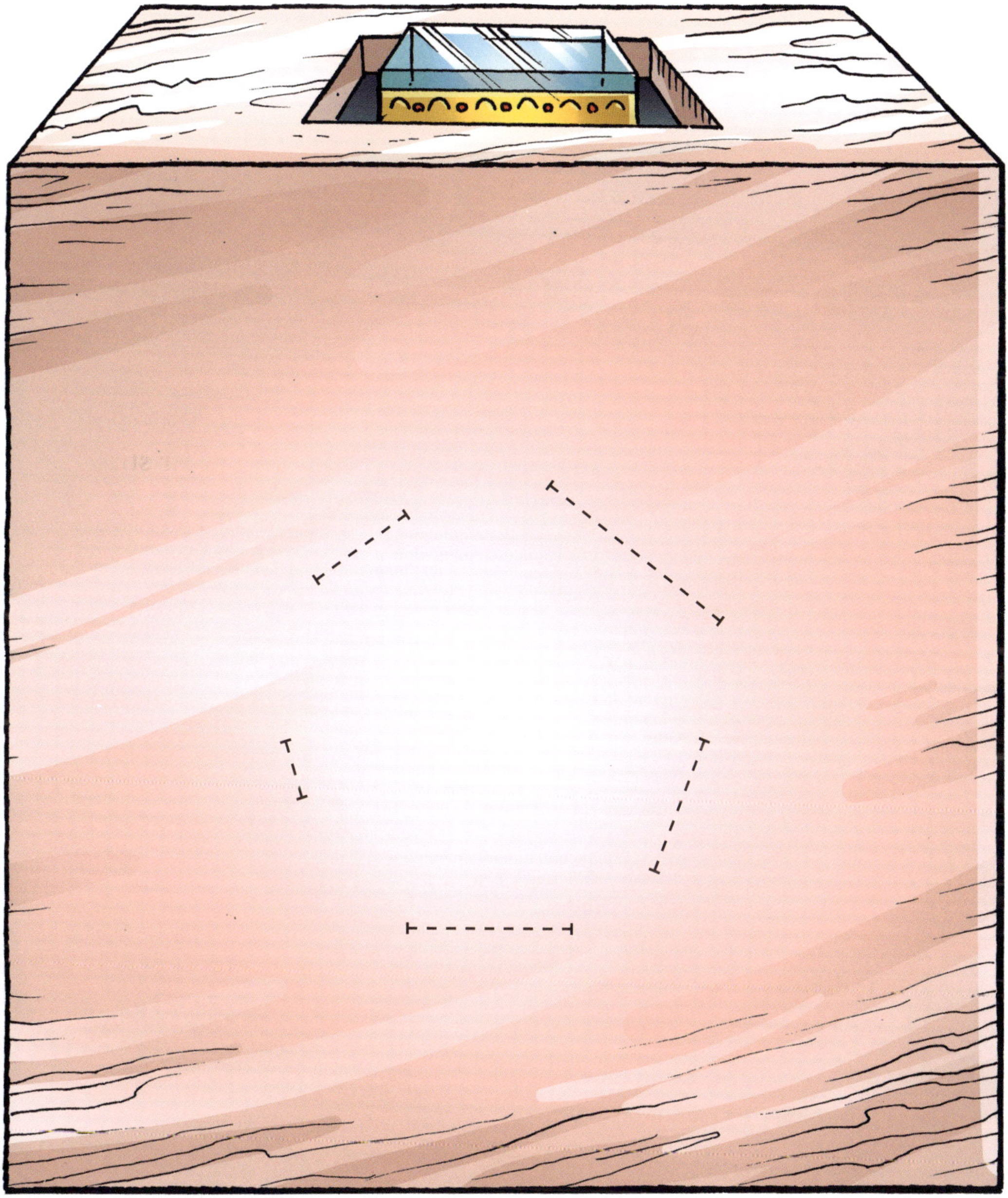

Vierte Ziffer des
Bäume-und-Wege-
Rätsel-Codes

5

4

9

Zweite Ziffer des
Kreuzwegrätsel-
Codes

1

0

Vierte Ziffer des
Uhrenrätsel-
Codes

8

0

3

6

Erste Ziffer des
Spaziergangrätsel-
Codes

6

1

Dritte Ziffer des
Shakespearerätsel-
Codes

FAST AM ZIEL

Klößchen betrachtete ratlos das aufgefaltete Papier. »Wieso 16? Ich komm immer nur auf 12!«

»Du hast die großen Dreiecke in den Ecken vergessen!«, erklärte Gaby.

»Ach ja, stimmt«, sagte Klößchen.

Hanna wandte sich lächelnd an Karl. »Ähm, hast du neben Mikrowelle und Fallschirm auch einen ganz normalen Bleistift in deinem Rucksack?«

»Aber klar doch«, antwortete Karl.

Auf der Rückseite des Briefes notierte Hanna die Worte »Nimm die«, dann wandten sie sich dem nächsten Rätsel zu.

Wie lautet die Zahl, die du suchst?

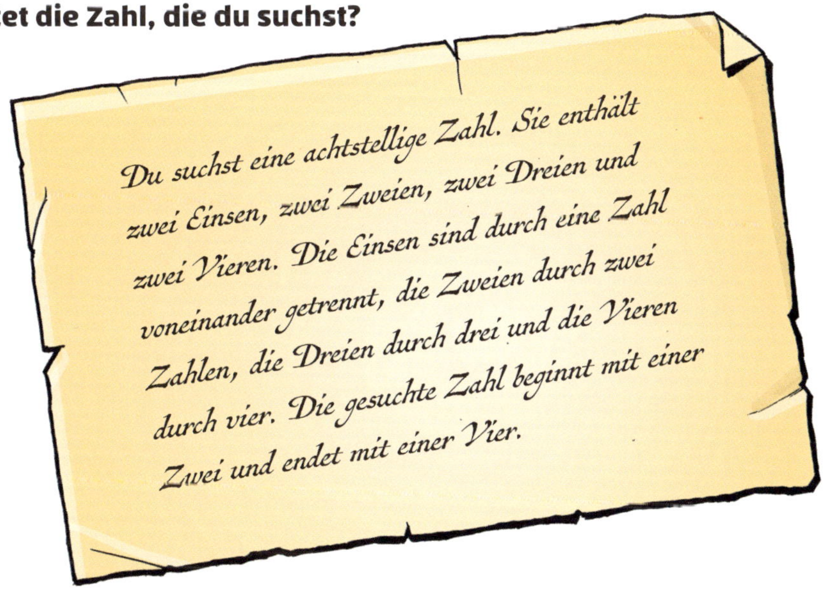

NICHTS WIE WEG!

»Und woher wissen wir jetzt, ob die Lösung stimmt?«, fragte Gaby.

Hanna entsperrte ihr Smartphone. »Kein Problem«, erklärte sie. »Ich habe das ganze Tagebuch sicherheitshalber abfotografiert. Im ›Anhang der Zahlen‹ kann ich nachschauen, ob wir richtig gezählt haben.«

Während sie durch die Fotos scrollte, bückte sich Tim und betrachtete ein rechteckiges Plättchen, das in der Mitte des Mosaiks in den Boden eingelassen war. Mithilfe seines Taschenmessers hebelte er es heraus.

»Die Messingplättchen! Die werden im Tagebuch erwähnt! Wir müssen sie sammeln!«, sagte Hanna freudig und nahm das Plättchen an sich. Dann las sie vor, was sie unter »33« gefunden hatte: »Guter Anfang! Es geht weiter bei meinem Schreibtisch!«

Hanna hüpfte vor Begeisterung. »Ich wusste es doch die ganze Zeit, dass es den Schatz wirklich gibt! Das ist der Wahnsinn! Los, ab nach oben in die Bibliothek! Dort steht der Schreibtisch meines Urgroßvaters!«

»Schneefürst hin oder her«, bremste Tim sie, »wir stehen auf dünnem Eis – und zwar in einem fremden Haus. Wir sollten jetzt besser gehen.«

Die Enttäuschung stand Hanna ins Gesicht geschrieben. Da hörten sie auf einmal, wie ein Auto langsam die Auffahrt zur Villa hochkroch.

Hanna war alarmiert. »Die Architektin! Wir müssen weg! Niemand darf wissen, dass wir hier waren. Kann ich euch vertrauen?«

»Klar«, war Tims Antwort. »Wir sind jetzt ein Team. Falls es den Goldschatz wirklich gibt, finden wir ihn. Aber wir brechen dafür nicht das Gesetz, so etwas machen TKKG nicht.«

Hanna stimmte zu. Eilig speicherte sie noch Gabys Nummer ein, während die Jungs den Teppich wieder ausrollten. Dann verschwanden sie gerade noch rechtzeitig aus der Villa.

Die vier Freunde pflügten durch den dichten Schnee zur Villa der Sauerlichs und machten es sich dann in Klößchens Zimmer gemütlich. Es war erst vor Kurzem neu eingerichtet worden: kleinerer Schreibtisch, mehr Platz für die Couchlandschaft! Sie tranken heiße Schokolade und unterhielten sich über ihr Erlebnis in der Schneevilla. Karl googelte nebenher den Schneefürsten. Oskar spielte mit einem alten Schokopapier. Dabei gab er eigenartige Geräusche von sich.

»Soll das so klingen, Gaby?«, fragte Klößchen.

Gaby zuckte ratlos mit den Schultern. Tim runzelte nachdenklich die Stirn. »Hanna hatte keine Taschenlampe dabei. Nur die von ihrem Handy.«

»Na und?«, fragte Klößchen und leerte schlürfend seine Tasse.

»Na, mit ihrer Handytaschenlampe hätte sie uns unmöglich blenden können, als wir unten auf der Straße standen. Also muss noch jemand anderes in der Villa gewesen sein. Außer der Waschbär geht neuerdings mit leistungsstarker Taschenlampe auf Futtersuche«, fügte Tim lächelnd an.

»Tim hat recht«, sagte Gaby. In dem Moment leuchtete ihr Smartphone auf und gab Pieptöne von sich. Hanna hatte ihr die Fotos vom Tagebuch geschickt und dazu den Hinweis: »Morgen früh bei mir in der Mühlenstraße 4! Schatzsuche!«

Tim nickte zufrieden. »Super. Ich bin gespannt, ob es wirklich einen Schatz gibt. Was hast du denn im Internet herausgefunden, Karl?«

»Wilhelm Maria Fürst von Schneeberg-Klamm entstammte einem alten Rittergeschlecht«, dozierte Karl. »Er galt als Eigenbrötler und hatte verschiedene Spitznamen wie ›Grübelgraf‹ oder ›Knobelkaiser‹. Er interessierte sich für Mathematik, Poesie, Astronomie, Chemie, die schönen Künste und, und, und. Ob er reich war, weiß ich nicht. Aber manche meinen, man nannte ihn ›Schneefürst‹, weil sein Vermögen so schnell dahinschmolz wie der Schnee im Frühling.«

»Oder sein Reichtum ist nicht dahingeschmolzen, sondern er hat ihn nur gut versteckt und mit Rätseln verschlüsselt!«, bemerkte Klößchen.

Das hofften auch die anderen, denn eine Schatzsuche ohne Schatz war eine recht deprimierende Angelegenheit.

Gaby machte sich gleich über das Tagebuch auf ihrem Handy

her und alle wollten mitlesen. Also schickte sie es an Klößchen und Karl weiter. Nur Tim besaß immer noch kein Smartphone. »Ich bin selber smart«, war seine Standardantwort, wenn sich jemand nach dem Grund erkundigte, und das stellten seine Freunde nicht infrage.

»Ich druck es dir einfach aus, Tim!«, rief Klößchen und klappte seinen Laptop auf. »O Mist! Mein Passwort!«

»Vergessen?«, fragte Gaby lächelnd.

»Karl ist schuld! Er hat mich letzte Woche genötigt, es zu ändern, weil ›SCHOKOLADE‹ angeblich zu unsicher ist. Ich sollte eine zufällige Ziffernfolge wählen. Die ist nicht so leicht zu knacken. Aber halt auch echt schwer zu merken!«

Klößchen wollte seinen Laptop schon wieder zuklappen, als ihm einfiel, dass er das neue Passwort sicherheitshalber auf einem alten Schokopapier notiert hatte. Aber wo war das jetzt?

»Das Papier muss hier irgendwo rumliegen«, murmelte er. »Es war eine Sauerlich Mandel-Karamell, das weiß ich noch genau.«

»Tja, für so was hast du ein Gedächtnis!« Karl grinste.

»Mandel-Karamell? Mist!«, rief Gaby. »Das hat Oskar gerade zerfetzt und im ganzen Zimmer verteilt!«

Kannst du Klößchen helfen?
Wie lautet sein neues Passwort?

ZURÜCK ZUR SCHNEEVILLA

Karl knipste die Taschenlampe aus und steckte sie zurück in seinen Rucksack.

»Das war einfacher als erwartet«, sagte Klößchen und zog eine Tafel Schokolade aus seiner Hosentasche. »Belohnung gefällig?«

Während Klößchen spendierfreudig Schokolade verteilte, fragte er, was es denn mit dem Raben-Rätsel auf sich hatte. Hanna hatte sich in ihrer letzten Unterrichtsstunde schon heimlich schlaugemacht: »Dieses Rätsel kursierte so ähnlich schon im alten Griechenland. Ich kenne jetzt die Lösung!«

Aber Klößchen wollte sie nicht wissen. »Ich will's selbst knacken!«, erklärte er zum Erstaunen aller. »So langsam fangen mir die Knobeleien an Spaß zu machen.«

»Wie kommen wir denn jetzt in die Bibliothek der Schneevilla?«, überlegte Tim. »Einbrechen will ich auf keinen Fall.«

»Ich hab eine Idee«, sagte Hanna, als es schon wieder zum Pausenende klingelte. »Wenn ihr nichts anderes mehr von mir hört, treffen wir uns um 14 Uhr an der Villa.«

Nach dem Mittagessen machten sich Tim, Karl, Gaby und Klößchen auf den Weg zur Schneevilla. Gaby trug ihren Hund, der ziemlich schlapp war und immer wieder merkwürdige

Geräusche machte. »Nachher habe ich einen Tierarzttermin mit Oskar«, erzählte sie. »Ich mache mir wirklich Sorgen, irgendwas stimmt nicht mit ihm.« Außerdem hatte sie Neuigkeiten von ihrem Vater. »Das Profil vom Tatort stimmt mit Kieslings Winterstiefeln aus der Papiertonne überein und er hat kein Alibi für die Nacht des Diebstahls. Und noch was: Kriminalassistentin Salah glaubt, dass wir etwas verheimlichen. Hanna muss heute ihr Versprechen einlösen und die ganze Wahrheit sagen!«

»Sehe ich auch so«, sagte Karl und zog seine Mütze weiter über die Ohren.

Als sie das Haus von Herrn Kiesling erreichten, stoppte Tim. Vorsichtig langte er über das Gittertor und berührte die Papiertonne mit seinem Handschuh.

»Was hast du vor?«, wollte Klößchen wissen.

»Von hier aus kann ich die Papiertonne erreichen, nicht aber die Restmülltonne, denn die steht weiter hinten«, erklärte Tim.

»Alles klar, ich weiß, worauf du hinauswillst«, sagte Karl und begann, seine Brille zu putzen – nicht, weil sie schmutzig war, sondern aus reiner Gewohnheit. »Wenn wir annehmen, dass die Geschichte von Herrn Kiesling stimmt, hat jemand seine Winterstiefel geklaut, als sie vor der Tür standen, um damit ein Verbrechen zu verüben. Später hat der Übeltäter die Stiefel schnell in der Mülltonne verschwinden lassen – und zwar in der Papiertonne, weil man da leichter herankommt.«

»Und dann hat er der Polizei einen Tipp gegeben, damit die Polizisten die Stiefel finden und denken, dass Herr Kiesling Beweismittel verschwinden lassen wollte!«, schloss Gaby die Überlegung ab.
»Ihr glaubt also wirklich, dass mein Lieblingshauptverdächtiger unschuldig ist?«, fragte Klößchen.
»Zumindest, was den Diebstahl angeht«, merkte Tim noch an, als Hanna von der anderen Straßenseite auf sie zulief.
Die fünf stapften den Hügel hinauf. Hanna betätigte den schweren Türklopfer, aber niemand machte auf.
»Wie hast du Frau Fitz eigentlich dazu gebracht, dass wir uns in der Bibliothek umsehen dürfen?«, wollte Tim wissen.
»Ganz einfach! Schaut mal, ich kann ganz traurige Augen machen«, antwortete Hanna und setzte einen Hundeblick auf. »Liebe Frau Fitz! Meine Mutter hat mir doch verboten, alle Bücher meines Urgroßvaters mit in die neue Wohnung zu nehmen, weil wir ja keinen Platz dafür haben. Aber ich hänge doch so an seiner Bibliothek und deshalb wollte ich Sie fragen, ob ich mir nicht ein, zwei Bücher als Erinnerungsstücke mitnehmen darf, bevor die Villa abgerissen wird und Sie hier Ihren wirklich atemberaubend schönen Würfelbau hinstellen!«
TKKG prusteten los. Ja, das hatte Hanna gut gemacht.
Als Frau Fitz fünf Minuten später immer noch nicht da war, beschlossen TKKG, sich ein wenig umzusehen. Hinter der Villa stand ein Baucontainer. Vermutlich hatte Joe den dort

für die Entrümpelungsarbeiten aufgestellt. TKKG gingen einmal drum herum. Eine Seite zierte ein riesiges Graffiti, Gaby betrachtete es genau.

»Wir müssen uns jetzt dringend mal um die Überprüfung anderer Verdächtiger kümmern«, bemerkte Tim. »Und dieser Joe gehört auf jeden Fall dazu!«

Leider war die Tür zum Container mit einem Zahlenschloss versperrt.

»Mir sind bei dem Graffiti ein paar versteckte Zahlen aufgefallen«, sagte Gaby. »Ob die vielleicht der Code für das Schloss sind?«

Findest du den vierstelligen Code?

ÜBERLISTET IM WEINKELLER

»Wir haben es echt drauf! Gemeinsam sind wir unschlagbar!«, jubelte Hanna und klatschte mit TKKG ab.

Gerade als sie überlegten, ob sie es riskieren konnten, jetzt in die tiefsten Tiefen dieses Hauses, also in den Keller, zu schleichen oder nicht, betraten Kommissar Glockner, Kriminalassistentin Salah und Erika Fitz die Bibliothek. Oskar sprang nicht wie sonst auf, um Herrn Glockner zu begrüßen, sondern hob nur den Kopf und wedelte mit dem Schwanz. Der Gesichtsausdruck von Herrn Glockner verriet Gaby, dass irgendetwas nicht stimmte.

»Dort drüben!«, rief Fitz und zeigte auf den Schreibtisch.

»Wart ihr bei dem Schreibtisch, Kinder?«, fragte Glockner streng.

Die fünf schüttelten die Köpfe und erklärten, dass sie sich nur bei den Bücherregalen auf der anderen Seite des Raumes aufgehalten hatten.

»Ha!«, schrie Fitz spitz. »Damit hat sich Hanna selbst verraten! Schauen Sie, Herr Kommissar, sehen Sie?«

Die ganze Gruppe bewegte sich zum Schreibtisch. Frau Fitz deutete auf den Boden unter der Schreibtischplatte, genauer gesagt auf einen bunten Haargummi mit Smiley-Knopf dran. Tamina Salah machte Fotos davon. »Mir war der eben

aufgefallen, gut, dass Sie so schnell kommen konnten, Herr Kommissar!«, japste Fitz.
»Gehört der dir?«, fragte Kommissar Glockner und ließ den Blick nicht von Hanna.
»Ja, solche trage ich immer«, gab sie zu und zog einen identischen Haargummi aus ihrem Haar.
Glockner nickte. »Wenn ihr nicht beim Schreibtisch wart, wie kommt dein Haargummi dann dorthin?«
Hanna zögerte und Frau Fitz stemmte wieder ihre Hände in die Hüften. »Joe hat die Villa nach eurem Auszug grundgereinigt, danach lag da bestimmt kein Haargummi mehr von dir rum!«
Glockner hob die rechte Hand und signalisierte Frau Fitz, sich zurückzuhalten. Dann wandte er sich wieder Hanna zu. »Hanna, warst du Samstagnacht in diesem Zimmer?«
Stille. Hanna seufzte und brach ihr Schweigen: »Ich habe es Tim, Karl, Gaby und Klößchen versprochen«, sagte sie. »Jetzt ist der Zeitpunkt gekommen. Ja, auch ich war am Samstagabend hier in der Villa. Aber nicht in der Bibliothek! Und ich bin nicht die Diebin!«
Erika Fitz klatschte freudig in die Hände. »Von wegen! Rück die Vase raus!«, rief sie.
Wieder gab Glockner Frau Fitz ein Zeichen, sich rauszuhalten, und drehte sich zu Tamina Salah um. »Ihre Menschenkenntnis wird uns wohl in Zukunft noch sehr hilfreich sein, Frau Salah. Mit euch vieren rede ich später«, sagte er und

meinte natürlich TKKG, die etwas bedröppelt dreinschauten. »Hanna, du kommst mit uns aufs Präsidium. Du musst eine Aussage machen. Du kannst deine Mutter anrufen, dass sie mitkommt. Okay?«

Hanna nickte und deutete auf das Shakespearebuch in ihrer Hand, das eigentlich eine Schachtel war: »Das würde ich gerne mitnehmen, Frau Fitz, ja?«

»Und ich«, rief Karl hastig, rannte zum Bücherregal und zog zielsicher ein Buch heraus, »ich würde gerne dieses hier mitnehmen. Die ›Disquisitiones arithmeticae‹ von Carl Gauß. Geht das?«

Frau Fitz hatte nichts dagegen. »Ich will keine Bücher, ich will meine Vase zurück, nicht mehr und nicht weniger«, knurrte sie.

Während sich Tamina Salah Gummihandschuhe überstreifte und den Haargummi samt Haaren dran in einem durchsichtigen Beutelchen verschwinden ließ, gingen Tim, Karl, Gaby und Klößchen schon mal die Treppe hinunter Richtung Eingangshalle.

»Die ganze Sache wird immer dubioser«, murmelte Tim. »Ausgeschlossen, dass die Polizei bei der Spurensicherung einen Haargummi übersehen hat. Irgendetwas stinkt hier gewaltig!«

Im Erdgeschoss angekommen, blickte er sich rasch um und rannte dann die Treppe hinunter in den Keller. Karl, Gaby und Klößchen folgten ihm blitzschnell. Eine so gute Gelegen-

heit, sich im Keller der Schneevilla umzusehen, würden sie nicht noch einmal bekommen. Aber wo im Keller sollten sie suchen?
Eilig blätterte Karl in dem Buch, das er mitgenommen hatte, und erklärte, dass Carl Gauß einer der genialsten Mathematiker überhaupt gewesen war und mit diesem Buch im Jahre 1801 die moderne Zahlentheorie begründet hatte. »Na bitte!«, rief er plötzlich aus. »Direkt nach dem Vorwort! Eine handschriftliche Notiz! Sie lautet: Im Weinkeller ist ein Ziegelstein lose, hoffentlich macht den keiner fest!«
»Genial, Karl!«, flüsterte Tim. Sofort machten sich TKKG auf die Suche nach dem Weinkeller.

Es war dunkel und unheimlich. Karl zückte seine Taschenlampe. Bald fanden sie ein gemauertes Gewölbe. Abgesehen von einem alten Weinfass war es leer.
TKKG überprüften Ziegelstein für Ziegelstein. Hinter zwei losen Ziegeln war schon mal nichts außer Staub. Den dritten lockeren Ziegel fand Klößchen. Er zog ihn heraus und fasste in das Loch. Eine Spinne krabbelte über seinen Handrücken und Klößchen schrie auf.
»Psssst!«, ermahnte ihn Tim, tastete seinerseits in den Hohlraum und zog eine kleine Blechdose heraus.
»Bingo!«, flüsterte er.
Plötzlich ging im Kellerflur das Licht an. Schnell stopfte Karl die Blechdose in seinen Rucksack, Gaby schnappte sich Oskar, dann versteckten sie sich hinter dem alten Weinfass.

Sie hörten, wie jemand die Kellertreppe nach unten kam und sich langsam dem Gewölbe näherte. TKKG wagten kaum zu atmen. Der Schein einer Taschenlampe suchte jetzt den Weinkeller ab. Sie trauten sich nicht, ihre Köpfe hervorzustrecken, um herauszufinden, wer es war. Jemand hob die Ziegelsteine an, die auf dem Boden lagen, und fasste in die Mauerlöcher. Dann ertönte ein Schnaufen.
Plötzlich wanderte der Schein der Taschenlampe zum alten Weinfass. »Ihr könnt rauskommen!«
Einer nach dem anderen krabbelten Tim, Karl, Gaby und Klößchen hervor und standen Joe gegenüber, dessen langes feines Haar zu einem Pferdeschwanz gebunden war.
»Was sucht ihr hier?«, fragte er.
»Was suchen Sie hier?«, konterte Tim.
»Euch«, war die knappe Antwort.
»In den Mauerlöchern des Gewölbes?«, gab Tim zurück und das Zucken von Joes Augen verriet, dass ihm das gar nicht gefiel.
»Vielleicht suchen Sie dort ja eine sehr teure Vase?«, fragte Klößchen vorlaut.
Joe schüttelte den Kopf. »Die hat ja Hanna. Ich bin sehr enttäuscht von ihr. Ich kenne sie ja schon ein paar Jahre, war immer ein nettes Mädchen. Scheinbar schnappt sie jetzt über … wie ihr Urgroßvater.«
»Woher wissen Sie etwas über Hannas Urgroßvater?«, wollte Karl wissen.

»Ich weiß es eben«, schnauzte Joe. »Und jetzt raus mit euch! Habt ihr was mitgehen lassen? Was ist denn in deinem Rucksack?«
Oje, dachten Tim, Gaby und Klößchen, jetzt würden sie das nächste Rätsel aus den Händen geben müssen. Langsam öffnete Karl seinen Rucksack. Zuerst zog er das Mathematikbuch heraus. Das schien Joe nicht zu interessieren, er leuchtete mit seiner Taschenlampe in den Rucksack. »Was ist das? Eine Schachtel? Was ist da drin?«, fragte er barsch. »Los, her damit!«
Karl zog die Schachtel heraus und überreichte sie ihm. »Das ist unser Fingerabdruckset. Gehört zur Grundausrüstung jedes Detektivs«, erklärte er.
»Hm«, stieß Joe aus, leuchtete den Rucksack noch mal gründlich aus und drückte Karl die Schachtel wieder in die Hand. »Dann schnüffelt in Zukunft woanders herum, ihr Detektive!«, sagte er, wobei er das Wort »Detektive« mit einem abfälligen Unterton versah.

Kaum hatten sich Tim, Karl, Gaby und Klößchen weit genug von der Schneevilla entfernt, blieb Karl stehen und krempelte sein Hosenbein hoch. Dann zog er das Döschen, das sie in der Wand gefunden hatten, aus seiner Socke. »Tadaaa!«, rief er dabei aus.
»Ich fass es nicht!«, rief Klößchen freudig. »Du führst ja sogar deine besten Freunde an der Nase herum!«
Neugierig inspizierten sie die Dose, die mit einem winzigen Zahlenschloss mit drei Ziffern verschlossen war.

»Schon wieder ein Zahlenschloss!«, stöhnte Klößchen.
»›Klappt andersrum!‹ ist auf dem Deckel eingeritzt«, sagte Karl und stellte die Dose auf den Kopf. Auf der Unterseite stand geschrieben: »Doch nicht so!« Karl guckte verdutzt.
»Tja, so einfach ist es also nicht, Karl«, flötete Gaby freundlich.

Kannst du das Zahlenschloss öffnen?

DER TRICK MIT DEM BLUMENSTRAUSS

Klößchen lief das Wasser im Mund zusammen. Sauerbraten mit Klößen!
»Sauerlichbraten mit Klößchen, logo!«, scherzte Gaby.
Klößchen war stolz auf seine Idee mit den Codes. So konnte er sich schon während des Rohkost-Mittagessens auf das richtige Mittagessen freuen. »Vorfreude ist immerhin die schönste Freude – wie im Advent!«, erklärte er. »Und nebenbei übe ich so auch noch das Morsealphabet – ein Muss für jeden Detektiv!«
Wenig später saßen TKKG gemeinsam mit Erna und Hermann Sauerlich beim Mittagessen: Rohkost, so weit das Auge reichte. Klößchen und sein Vater hielten sich auffallend zurück.
»Nehmt euch ein Beispiel an Gaby«, sagte Erna Sauerlich enttäuscht. »Der schmeckt das frische Gemüse doch auch!«
Um seine Mutter zu besänftigen, spießte Klößchen eine Karotte auf und tunkte sie lächelnd in die fade Quarksoße. Erna Sauerlich nickte zufrieden, aber kaum sah sie weg, versenkte Klößchen die Karotte im Quark und schob sich mit einem übertriebenen »Mmm!« die leere Gabel in den Mund. Karl kicherte.
Erna wandte sich an ihren Mann: »Sag mal, Hermann, die Heizung knackt und klopft so komisch, hast du das vorhin gehört?«

Hermann schluckte und stammelte: »Ach so, das … das ist nur Sauerbraten … ich meine …«

»Sauerbraten?«, fragte Frau Sauerlich mit großen Augen. »Hast du Sauerbraten gesagt?«

»Nein, also, ich meinte …« Hermann Sauerlich traten Schweißperlen auf die Stirn. »Satansbraten! Ich meinte Satansbraten. Die Heizungsinstallateurin ist ein Satansbraten. Sie war doch erst vor einem Monat hier!«

Ungläubig schüttelte seine Frau den Kopf. »Also, nein, Hermann, das ist doch kein Grund, sie Satansbraten zu nennen! Ich bitte dich! Ich werde sie anrufen, bestimmt ist es nur eine Kleinigkeit.«

Hermann Sauerlich bemühte ein Lächeln. »Du hast recht, Erna. Tut mir leid. Ist bestimmt nicht kloß, der Schaden.«

Erna runzelte die Stirn. »Kloß!?«

»Groß. Ich sagte groß«, versuchte Hermann zu retten, was zu retten war.

Frau Sauerlich wandte sich wieder ihrem Gemüse zu. »Hermann, ich glaube, du bist überarbeitet, du redest wirres Zeug.«

Tim, Karl, Gaby und Klößchen mussten sich sehr zusammenreißen, um nicht laut loszuprusten. Dann wechselte Frau Sauerlich das Thema und sagte, sie würde den verkaufsoffenen Sonntag nutzen, um noch ein paar Geschenke zu kaufen.

»Für mich?«, fragte Klößchen hoffnungsfroh.

»Ja«, antwortete seine Mutter lächelnd.

»Was zum Essen?«, hakte Klößchen nach.
»Nein«, sagte seine Mutter schnippisch. »Ich glaube nicht, dass du das Fitnessgerät FIT3000 runterkriegst.«
Klößchen verschluckte sich und hustete. Seine Mutter grinste. »Nein, keine Sorge, Willi. War nur Spaß. Du bekommst nicht den FIT3000 ... Den kriegt Hermann.«
Jetzt verschluckte sich Herr Sauerlich und Erna grinste noch breiter. »Ich weiß doch, wie ich meine Jungs aus der Fassung bringe!«, sagte sie und zwinkerte Gaby zu.
Kaum war Erna Sauerlich kurz darauf in die Stadt aufgebrochen, servierte Amalie Dessart Sauerbraten mit Klößen. Klößchen und sein Vater langten ordentlich zu, aber auch Tim, Karl und Gaby aßen davon und mussten zugeben, dass Amalie wirklich eine begnadete Köchin war.

Anschließend war es für TKKG Zeit, sich auf den Weg zur Seniorenresidenz zu machen. Unterwegs trafen sie sich mit Hanna. Gaby erkundigte sich, ob Hanna sich bei ihrem Vater gemeldet hatte. Hanna schüttelte ihren braun gelockten Kopf. Ihre rote Mütze trug sie nicht. »Nein. Noch nicht. Aber ich mach's. Versprochen.«
Bei einem Blumenladen kaufte Tim einen kleinen Blumenstrauß. Damit ging er auf eine alte Dame zu, die gerade vorsichtigen Schrittes die Seniorenresidenz verließ. Tim streckte ihr die Blumen entgegen und sagte: »Frau Schubert! Schön, Sie endlich zu treffen!«

Die alte Dame lächelte freundlich. »Sie müssen mich verwechseln, junger Mann, ich heiße Stern, Thea Stern.«
Tim entschuldigte sich, dann betraten TKKG und Hanna die Seniorenresidenz. An der Rezeption fragte Tim nach seiner Stiefgroßmutter Thea Stern.
Der weiß gekleidete Mitarbeiter schüttelte den Kopf. »Frau Stern ist gerade in ihre Lieblingskonditorei gegangen. Die ist nur ein paar Häuser weiter!«
»Kein Problem, wir warten draußen im Park auf sie, geht das?«, fragte Tim freundlich.
»Na klar, geht einfach durch!«, antwortete der Mitarbeiter und zeigte ihnen den Weg.
»Kein schlechter Trick«, sagte Klößchen, als sie den Park betraten.
Hanna drehte sich um zum Haus. »Hier wurde also mein Urgroßvater geboren. Es ist dasselbe Gebäude, derselbe Park, dieselben Wege. Schon verrückt irgendwie.«
Dann machten sich die fünf daran, das Rätsel zu lösen. Sie liefen durch den Park und untersuchten die alten Linden, von denen Oskar gleich drei markierte.
»Linden können viele hundert Jahre alt werden. Das hat sich der Schneefürst wohl zunutze gemacht«, stellte Gaby fest und zeigte auf einen Baumstumpf. »Ein paar wurden kürzlich gefällt.«
»Schau wie die Vögel auf die Linden!«, murmelte Hanna vor sich hin, während Karl seinen Rucksack abnahm und öffnete.

Er hatte auf dem Weg zur Seniorenresidenz einen kurzen Abstecher nach Hause gemacht.
»Ich hab meine Drohne eingepackt, damit wir wie die Vögel auf den Park schauen können!«, grinste er.
»Ihr seid echte Profis!«, staunte Hanna.
Karl startete die Drohne. Surrend und blinkend hob sie ab und Karl machte ein paar Fotos. Doch dann stürmte der Mitarbeiter vom Empfang heran und unterbrach ihn. Er hatte Tims Trick durchschaut und setzte die fünf kurzerhand auf die Straße. Bevor er kopfschüttelnd wieder im Gebäude verschwand, drückte Tim ihm noch den Blumenstrauß in die Hand. »Der ist für Thea Stern!«, sagte er und lächelte.
Klößchen beschloss, dass es Zeit für einen kleinen Nachtisch war, und sie suchten sich ein warmes Plätzchen bei einem Italiener eine Straße weiter. Klößchen bestellte Tiramisu, dann betrachteten die fünf in aller Ruhe die Fotos, die Karl mithilfe der Drohne geschossen hatte, auf seinem Handy.

Siehst du den nächsten Code?

16:05
50%

WIE GEWONNEN, SO ZERRONNEN

Kaum war das letzte Plättchen an die richtige Position geschoben, klickte es und ein ziegelgroßer Stein auf der Vorderseite des Steinklotzes sprang einen Zentimeter weit heraus. Tim, Karl, Gaby, Klößchen und Hanna wagten es kaum, zu atmen. Vorsichtig zog Hanna den lockeren Stein heraus und leuchtete in das Innere des Steinklotzes hinein. Es glitzerte und funkelte! Den fünf Jugendlichen blieben die Münder offen stehen. Sie konnten es kaum fassen. »Voller Gold!«, rief Hanna aus.
Obendrauf lag ein Zettel. »Los!«, sagte Gaby. »Der ist bestimmt für dich!«
Vorsichtig fasste Hanna hinein, zog den Zettel heraus und las mit bebender Stimme: »Du bist mein Nachfolger, ein Rätselheld! Das Gold sei dein, es soll dir die Freiheit geben, zu lernen, zu tüfteln und neugierig zu sein! Der Rätselfürst.«
»*Yes!*«, rief Klößchen. »Wir haben den Goldschatz gefunden! War ein Kinderspiel!«
Jubelnd klatschten sie gegenseitig ab, als sie von oben plötzlich eine bekannte Stimme hörten.
»Vielen herzlichen Dank! Los, Joe, schieben Sie!« Es war die Stimme von Frau Fitz.
Im nächsten Moment wurde der schwere Steindeckel über die Einstiegsluke der Kammer geschoben und verriegelt.

»Nein!«, rief Hanna, aber es war zu spät. Sie waren gefangen. Gefangen in einer dunklen Kammer tief unter dem Friedhof. Der Schock fuhr den fünfen in die Knochen und ließ sie erstarren.
»Sagt, dass das nicht wahr ist!«, flehte Klößchen, seine Stimme brach.
Bevor seine Freunde antworten konnten, ertönte oben erneut Frau Fitz' entzückte Stimme. »Ich kann es kaum glauben! Wie kann ich Ihnen nur danken?«
»Ganz einfach: mit meinem Anteil«, antwortete Joe Seifert.
Tim lief die Steintreppe nach oben und stemmte sich gegen den Deckel, doch der bewegte sich keinen Millimeter. Dann hämmerte er mit seinen Fäusten dagegen. »Was haben Sie vor?«, schrie er.
»Nichts«, war die Antwort von Joe. »Nur abwarten. Wie lange werdet ihr durchhalten? Drei Tage? Vier? Auf jeden Fall nicht bis Silvester. Egal, das Feuerwerk könntet ihr sowieso nicht sehen da unten!« Er lachte hämisch.
»Sie haben Oskar entführt!«, rief Gaby und rannte jetzt auch die Treppe hoch, bis sie mit dem Kopf an der Steinplatte anstieß.
»Na und?«, erwiderte Joe. »Irgendwie musste ich euch ja bremsen im Fall der Fälle! Zum Glück bin ich euch heute Nachmittag gefolgt und konnte ihn noch rechtzeitig in den Keller der Villa bringen, bevor die Polizei bei mir aufkreuzte!«
»Er kann doch nichts dafür!«, rief Gaby und kämpfte mit den Tränen.

Aber Joe lachte nur.
»Lassen Sie ihn frei, Sie Unmensch!« Gabys Stimme überschlug sich.
»Mal sehen«, sagte Joe. »Vielleicht werde ich ihn am anderen Ende Deutschlands im winterlichen Wald aussetzen, wer weiß!«
Gaby brach in Tränen aus.
Karl gesellte sich zu Tim und Gaby und sprach laut durch die Ritze der Steinplatte. »Sie haben die Ming-Vase kaputt gemacht, stimmt's, Frau Fitz?«
»Weil ihr es sowieso niemandem mehr erzählen könnt«, antwortete Frau Fitz, »ja, sie ist mir runtergefallen. Runde Dinge entgleiten einem so leicht, schrecklich. Das Eckige hingegen ist schön, zweckmäßig und ... sicher!«
Jetzt mischte sich auch Klößchen ein. »Und Joe, Sie hatten die Idee mit dem inszenierten Diebstahl, richtig?«
»Ihr seid nicht schlecht, das muss ich sagen«, bekannte Frau Fitz. »Weiß eigentlich jemand, dass ihr hier seid?«
»Nein!«, rief Klößchen panisch, noch bevor Tim den Zeigefinger auf die Lippen legen konnte.
»Ha! Gut gemacht, Kinder!«, triumphierte Frau Fitz. »Und Handyempfang gibt's bei euch unten auch keinen, weil es hier bei uns schon keinen mehr gibt! Dann komme ich in einer Woche wieder und hole mir das Gold. Eurem Jubel nach zu schließen, scheint es ja richtig viel zu sein. Tja, eigentlich sollte euch Joe nur zur Sicherheit beschatten, aber der Narr glaubte

eben auch an den Schatz. Mir soll's recht sein. Ich bin wirklich froh, dass ich vorhin seiner dringenden Bitte nachgekommen bin, ihn zu begleiten. Er wusste nämlich, dass es heute Nacht um den Schatz gehen würde – warum auch immer!«

»Na, weil ich eins und eins zusammengezählt habe!«, rief Joe Seifert. »Ich bin nämlich schlau!«

»Sie waren das mit dem Haargummi!«, meldete sich nun Hanna empört zu Wort.

»Jepp«, gab Joe fröhlich zu. »Der klemmte hinter einer Fußleiste. Und weil ihr langsam lästig wurdet mit euren Ermittlungen, gab ich ihn Frau Fitz, damit sie ihn zur richtigen Zeit an der richtigen Stelle platzieren konnte. Ich bin jeden Cent wert, stimmt's, Frau Fitz? Apropos Geld, ich male mir gerade aus, was ich mit meinem Anteil machen werde! Nämlich nichts! Und das für immer! Auf einer fernen Sonneninsel, herrlich!«

»Und ich werde meine Würfelvilla mit Blattgold überziehen lassen. Dann erstrahlt ihr Glanz über die ganze Stadt!«, jubelte Frau Fitz.

»Schreckliche Vorstellung«, grunzte Klößchen.

»Aber das Gold gehört nicht Ihnen, es gehört den wahren Rätselfreunden!«, protestierte Hanna.

»Rätselfreunde, pah!«, antwortete Frau Fitz. »Das sind doch nur Träumer! Das Gold dagegen ... das ist echt! So echt wie mein Reichtum! Aber ich muss schon zugeben, wenn Joe mich nicht in Tränen aufgelöst neben den Scherben der Vase gefunden und die Idee mit dem vorgetäuschten Diebstahl gehabt hätte, wäre ich jetzt arm wie eine Kirchenmaus!«

»Dann waren Sie es auch, Joe, der eine falsche Fährte zu Herrn Kiesling gelegt hat!«, schlussfolgerte Tim.

»Ja«, bekannte Joe stolz. »Da seht ihr mal, wie schlau ich bin! Als ich seine Winterschuhe vor der Tür stehen sah, dachte ich mir: Die könnten wir doch jetzt gut gebrauchen! Man muss die Gelegenheiten eben nutzen, wie sie kommen!«

»Das war immer schon Ihre Stärke«, sagte Hanna wütend.

»Im Grunde wollte ich damit nur die Polizei beschäftigen. Dass man die Vase bei Herrn Kiesling nicht finden würde, spielte dabei keine Rolle. Hauptsache, die Versicherung bezahlt«, erzählte Joe weiter.

»Stimmt!« Frau Fitz klang begeistert. »Jetzt, wo die Kinder nicht mehr dazwischenfunken können, kommt ja auch noch das Geld von der Versicherung! Dann kann ich obendrein alle Toilettensitze in der Villa mit Blattgold verzieren!« Sie brach in schallendes Gelächter aus.

»Gut, dass Sie so misstrauisch waren und mich die Kinder beschatten ließen«, stellte Joe zufrieden fest, nachdem Frau Fitz sich wieder gefangen hatte.

»Allerdings. Und es hat auch geholfen, dass du, Hanna, in jener Nacht in der Villa warst! Damit hatte die Polizei eine weitere Verdächtige, perfekt!«, sagte Frau Fitz und schob freudig noch eine neue Erkenntnis hinterher. »Und jetzt sind die fünf Kids mit der millionenteuren Vase für immer untergetaucht! Eine bessere Bestätigung der Diebstahlthese kann die Versicherung eigentlich nicht bekommen!«

»Ja, genau!«, lachte Joe. »Kommen Sie, wir gehen jetzt, mir wird langsam kalt. Euch auch, Kinder? Na dann, frohe Weihnachten, falls ihr so lange durchhaltet, was ich bezweifle. Schade, dass man Gold nicht essen kann, stimmt's?«

Tim, Karl, Gaby, Klößchen und Hanna wussten, dass es sinnlos war, irgendetwas darauf zu antworten. Sie hörten, wie sich die Schritte von Erika Fitz und Josef Seifert entfernten, hockten sich auf den kalten Boden und lehnten sich gegen den Steinklotz voller Gold. Es war aus. Aus und vorbei.

Gaby schluchzte still. »Mit Oskar wäre uns das niemals passiert. Er hätte uns gewarnt, ganz sicher.«

»Was hat eigentlich der Tierarzt gesagt?«, fragte Tim in die Dunkelheit hinein, als hätte das jetzt noch irgendeine Bedeutung.

»Es ist nichts Schlimmes. Oskar ist bald wieder gesund«, antwortete Gaby ruhig. Dann begann sie hemmungslos zu weinen.

Wie aufs Stichwort drang plötzlich ein dumpfes Bellen in die steinerne Kammer und Gaby sprang auf. »Oskar! Das ist Oskar!«

Das Bellen wurde energischer, ein Poltern war zu hören, als jemand die Treppe in die Gruft hinunterstolperte.

»Aua!«, rief Frau Fitz.

»Hey, was soll das!«, schrie Joe.
Und dann hörten sie die strenge Stimme von Kommissar Glockner: »Stehen bleiben und Hände hoch!«
Gaby rannte die Stufen hoch und hämmerte gegen die Steinplatte. »Papi! Hier sind wir! Hier unten!«, rief sie, so laut sie konnte.
»Nehmen Sie die Steinplatte da weg!«, befahl Kommissar Glockner.
Karl drängte sich neben Gaby. »Zwei, neun, acht, eins! Die Riegel müssen in die Positionen zwei, neun, acht und eins geschoben werden!«
Tim, Karl, Gaby, Klößchen und Hanna hörten, wie die Riegel im Inneren der Steinplatte schrappten, dann hob sich der Deckel und wurde zur Seite geschoben. Schnell kletterten die fünf nach oben.
Kommissar Glockner stand in der Gruft – mit seiner Dienstwaffe im Anschlag. Frau Fitz und Joe Seifert schüttelten ungläubig die Köpfe. Oskar rannte mit wehenden Ohren auf Gaby zu und sprang in ihre Arme. »Oskar, mein lieber, lieber Oskar!«, rief sie und Freudentränen kullerten über ihre Wangen.
Als Nächstes drückte sie ihren Vater, der noch nicht ganz verstanden hatte, was hier überhaupt vor sich ging.
»Gaby! Was sucht ihr hier?«, fragte er.
»Gold«, antwortete Hanna. »Und wir haben es gefunden!«
»Dann ist mir auch klar, was Sie hier machen!«, wandte sich Kommissar Glockner an Erika Fitz und Joe Seifert.

»Ja, wir … wir wollten die Kinder gerade aus ihrer misslichen Lage befreien«, log Joe und Frau Fitz nickte eifrig.
Karl zückte sein Handy. »Glauben Sie ihnen kein Wort«, sagte er. »Ich habe ihr Geständnis aufgezeichnet. Sie haben alles zugegeben, weil sie dachten, dass wir ohnehin nie mehr aus der Kammer rauskommen würden. Der Diebstahl der Ming-Vase war nur vorgetäuscht!«
Erika Fitz rollte mit den Augen.
»Hallo? Herr Glockner? Sind Sie hier?«, ertönte draußen die Stimme von Tamina Salah, dann kam sie auch schon die Treppe in die Gruft herunter.
»Danke, dass Sie so schnell kommen konnten, Frau Salah!«, sagte Herr Glockner und schilderte ihr kurz die Lage.
Tamina Salah verschränkte ihre Arme vor der Brust. »Dann fügt sich nun also alles zusammen. Ich habe gerade Ihre Mülltonne durchsucht, Herr Seifert. Darin habe ich die Scherben der gesuchten Vase gefunden!«
»Gute Arbeit!«, sagte Glockner.
»Gute Arbeit, TKKG!«, gab Frau Salah das Lob weiter.
Frau Fitz funkelte Joe wütend an. »Wie bitte!? Ich sagte zu Ihnen: ›Die Scherben kommen nicht in meine Mülltonne, das ist zu gefährlich.‹ Und Sie … werfen sie einfach in Ihre Tonne? Ich fasse es nicht!«, stöhnte sie. »Mag sein, dass Sie eins und eins zusammenzählen können, aber als Nächstes sollten Sie sich dann auch mal an die Ziffern jenseits der Eins wagen!«

Joe Seifert zuckte mit den Schultern. »Ich frage mich nur, wie dieser Köter ausbüxen konnte! So ein Mistvieh!«

»Das war ja auch so eine Schnapsidee, diesen Hund zu entführen!«, stieß Frau Fitz aus, schob ihre eckige Brille auf die Stirn und legte eine Hand über ihr Gesicht.

»Hast du uns gefunden, mein Lieber?«, fragte Gaby Oskar, der glücklich in ihre Arme gekuschelt lag.

»Oskar stand bellend vor der Haustür und hat nicht aufgehört, bis ich ihm gefolgt bin«, erzählte Kommissar Glockner. »Er hat deine Spur aufgenommen und mich bis hierher zur Gruft geführt!«

»Du hast vielleicht schlechte Augen, Oskar, aber auf deine Spürnase ist Verlass!«, lobte Gaby ihren Cockerspaniel, der nach der ganzen Aufregung und Anstrengung ziemlich erschöpft wirkte. Schnell wärmte sie ihn unter ihrer Winterjacke.

»Oskar gehört zu TKKG, das ist jetzt amtlich!«, sagte Tim.

»Apropos amtlich«, Herr Glockner wandte sich an Frau Salah, »würden Sie den beiden bitte Handschellen anlegen?«

Frau Fitz seufzte tief und Klößchen konnte sich eine Spitze nicht verkneifen: »Es gibt auch eine gute Nachricht, Frau Fitz. Gefängniszellen sind herrlich eckig!«

Die Jugendlichen brachen in schallendes Gelächter aus.

Vier Tage später, am 24. Dezember, schneite es wieder. Tim, Karl, Klößchen, Gaby und natürlich Oskar wateten durch den federleichten Pulverschnee auf dem Bürgersteig.

Hanna kam ihnen entgegen und genau vor dem Hügel der Schneevilla begrüßten sie einander herzlich. Für Oskar gab es ein Leckerli. Mittlerweile ging es ihm wieder blendend, von Krankheit keine Spur.
Hanna berichtete, was in den letzten Tagen passiert war. »Das Gold ist geborgen. Und das Tagebuch meines Urgroßvaters hab ich auch wieder, das ist mir noch viel wichtiger!«
Gaby hatte ebenfalls Neuigkeiten. »Joe Seifert ist voll geständig: Beihilfe zum Versicherungsbetrug, Beweismittelfälschung, Entführung eines Hundes, versuchte Erpressung, Freiheitsentzug ... und so weiter!«
»Wow! Der wird für eine ganze Weile ins Gefängnis wandern!«, staunte Hanna. »Und was ist mit Frau Fitz?«
»Sieht nicht gut aus«, sagte Karl und begann seine Brille zu putzen. »Nach dieser Geschichte wird sie wohl keine Aufträge als Architektin mehr bekommen. Sie ist ruiniert.«
Hanna lächelte. »Das erklärt, warum sie sich bereit erklärt hat, die Villa an uns zurückzuverkaufen – zu dem Preis, den die Schreckschraube meiner Mutter vor Kurzem gezahlt hat!«
TKKG freuten sich für Hanna. Sie wussten, wie sehr sie an dem wunderlichen, etwas heruntergekommenen Zuhause des Schneefürsten hing – vor allem wegen der vielen Bücher, die für Hanna der wahre Schatz waren.
»Und was macht ihr mit dem ganzen Gold?«, wollte Klößchen wissen.

»Ganz einfach«, erklärte Hanna. »Damit werden die Hypotheken, also die Schulden, getilgt, die auf der Villa liegen. Und dann bleibt noch immer genug für Schule und Ausbildung übrig.«
»Genau wie es dein Urgroßvater wollte«, sagte Tim. »Das Gold soll dir die Freiheit geben, zu lernen, zu tüfteln und neugierig zu sein! Perfekt!«
Klößchens Blick fiel auf das Nachbarhaus der Schneevilla und er erzählte, dass Herr Kiesling gestern bei seiner Mutter zu Besuch gewesen war … schon wieder! »Er will ein Buch über den Schneefürsten schreiben, damit dessen wahre Größe endlich allgemein erkannt wird!«
Das freute Hanna sehr.
»Und ich will in die Fußstapfen meines Urgroßvaters treten und mir Rätsel und Spielereien ausdenken. An der linken Flanke der Villa werde ich verschiedene Würfel anbringen!«
»Würfel!? Echt jetzt?«, ätzte Klößchen. »Als Andenken an Frau Fitz?«
»Nein!«, rief Hanna und erklärte, was sie sich überlegt hatte. »Wenn der Vollmond richtig steht und Schnee auf dem Hügel liegt, wird künftig nicht nur das Monster des Schneefürsten als Schatten sichtbar werden, sondern auch der Schriftzug ›TKKG‹!«
»Wow!«, rief Karl. »Wie cool ist das denn!«
»Ich habe euch wirklich viel zu verdanken. Ohne eure Hilfe hätte ich es nicht geschafft«, gestand Hanna. »Vielleicht kann ich meine Mutter fragen, ob sie ein wenig Geld abzweigen kann,

um euch richtig große Weihnachtsgeschenke zu kaufen? Weil … nur so ein Schatten alle zehn Jahre ist ja nicht so viel.«

Aber TKKG lehnten dankend ab. Teil des Schneevillazaubers zu sein, war ja schon unbezahlbar. Außerdem waren die Weihnachtswünsche von TKKG so gut wie erfüllt. Für Gaby war es das schönste Geschenk, dass Oskar wieder gesund und bei ihr war. Tim hatte sich von seiner Mutter eine neue Taschenlampe gewünscht. Er war immer schon bescheiden gewesen. Karl hatte sich die »Disquisitiones arithmeticae« von Carl Gauß gewünscht und konnte es nicht erwarten, dieses mathematische Werk durchzuarbeiten. Und Klößchen? Jetzt endlich verriet auch er, was er sich von seinem Vater zu Weihnachten gewünscht hatte.

»Mehr Schokolade?«, witzelte Gaby.

»So ähnlich«, gab Klößchen zu, »aber für alle! Also, passt auf, es ist ein seeehr teures Geschenk, aber mein Vater wird mir diesen Wunsch bestimmt nicht abschlagen!«

»Jetzt sag schon!«, drängte Tim.

»Ich habe mir gewünscht, dass ab nächstem Jahr wieder 20 Gramm Schokolade in jedem Sauerlich-Adventskalendertürchen stecken! Tadaaa!«

Tim, Karl, Gaby und Hanna lachten. Wie selbstlos von Klößchen! Nun ja, ein bisschen profitierte ja auch er davon.

Dann fiel Tim doch noch ein Wunsch an Hanna ein. »Ich wünsche mir, dass du das Fahrschein-Rätsel auflöst, das in der Schule rumgeht. Das hast doch du in Umlauf gebracht, richtig?«

»O ja«, lachte sie. »Das ist von mir!«
»Wie war das noch mal?«, fragte Gaby und wühlte in ihrem Gedächtnis. »Bei einer Fahrscheinkontrolle in der Straßenbahn weisen zwei Väter und zwei volljährige Söhne drei Einzelfahrscheine vor. Der Kontrolleur inspiziert die Fahrscheine, nickt und geht weiter. Warum?«
»Genau!«, rief Hanna. »Die Lösung ist: Zwei Väter und zwei Söhne müssen nicht unbedingt vier Personen sein. In der Straßenbahn sitzen drei Personen: Großvater, Vater und Sohn. Der Großvater ist ein Vater und der Sohn ist ein Sohn. Aber der Vater ist nicht nur Vater, sondern auch Sohn des Großvaters. Also: zwei Väter und zwei Söhne!«
TKKG applaudierten. »Was für ein tolles Rätsel der zukünftigen Rätselfürstin!«, lachte Gaby.
»So, jetzt aber genug mit Rätseln«, unterbrach Klößchen den Applaus. Gehen wir jetzt bitte endlich zum Weihnachtsmarkt? Ich bin schließlich nicht in der Grabkammer dem Tod entkommen, um jetzt hier auf dem Bürgersteig zu verhungern!«
»Nein, das wollen wir bestimmt nicht!«, rief Tim.
Klößchen grinste. »Nur eine letzte Rätselfrage habe ich noch: Was ist braun, süß und macht schlau?«
»Keeeeeine Ahnung!«, antwortete Tim ironisch und formte schnell einen Schneeball. »Aber sag du mir: Was ist weiß, kalt und gleich in deinem Gesicht?«
»Wehe!«, rief Klößchen, doch schon war die Schneeballschlacht eröffnet.

QUER DURCH DAS BAHNHOFSVIERTEL

Zum Glück erreichte Gaby Hanna am Telefon. Sie war mit ihrer Mutter unterwegs zum Präsidium und konnte das mit den Klappen erledigen.
»Sie hat mir den Code 188 durchgegeben. Und außerdem noch mal ihre Unschuld beteuert«, erzählte Gaby.
»Ich glaube ihr«, sagte Klößchen. »Wie wär's mit einer heißen Schokolade bei mir, bevor wir die Dose öffnen?«
Tim und Karl waren dabei. Gaby lehnte dankend ab und nahm Oskar hoch in ihre Arme. »Ich muss jetzt mit Oskar zum Tierarzt!«
»Wirst sehen, ist bestimmt nichts Schlimmes!«, sprach Tim ihr Mut zu, dann verabschiedete sie sich von den Jungs.
Als die drei ein paar Minuten später die Villa der Sauerlichs erreichten, war dort niemand zu Hause. Klößchen machte sich in der Küche zu schaffen. Beim Blick aus dem Fenster erlitt er fast einen Herzinfarkt: Herr Kiesling schlich – einen Hut tief ins Gesicht gezogen – ums Haus.
»Köpfe runter!«, flüsterte Tim. »Wir wollen sehen, was er vorhat!« Zimmer für Zimmer folgten Tim, Karl und Klößchen Herrn Kiesling einmal um die Villa herum. Hinten an der Terrassentür überraschten sie ihn schließlich.
»Hallo schon wieder!«, rief Klößchen und trat in Socken auf

die Terrasse. Herr Kiesling fuhr zusammen. »Suchen Sie immer noch unseren Direx?«

»Wie bitte? Nein, ich hatte geklingelt. Kann es sein, dass die Klingel kaputt ist?«, fragte Herr Kiesling fast schon schüchtern. Aber Klößchen fand, dass er hier die Fragen zu stellen hatte. »Was wollen Sie?«

Herr Kiesling übergab Klößchen eine Tafel Schokolade. »Ich wollte mich bei dir bedanken. Mein Enkel freut sich schon sehr auf sein gemütliches Zimmer bei seinem Opa.«

Klößchen nickte. »Keine Sauerlich-Schokolade. Ups!«

Das war Herrn Kiesling sehr unangenehm, aber Klößchen war plötzlich milde gestimmt. »Keine Sauerlich-Schokolade ist besser als gar keine Schokolade«, sagte er und fand, dass das ein ziemlich guter Spruch war.

Nun zückte Herr Kiesling ein altes Schwarz-Weiß-Foto. »Ich würde gerne mit Hanna über ihren Urgroßvater reden«, erklärte er. »Ich bin Historiker und interessiere mich für sein Leben.«

»Suchen Sie seinen Schatz?«, fragte Tim geradeheraus.

»Nein«, antwortete Herr Kiesling. »Sein Leben ist der Schatz, den ich bergen will. Ich habe zu recherchieren begonnen. Dieses Foto habe ich im Stadtarchiv gefunden. Es stammt aus dem Jahr 1915. Der Fürst von Schneeberg-Klamm sieht blass und müde aus. Und allein. Seine Frau war früh verstorben, sein einziger Sohn hatte sich für die Front gemeldet, der Erste Weltkrieg wütete in Europa. Das Foto zeigt den Fürsten mit seiner Haushälterin, die vermutlich seine einzige Vertraute war.«

»Könnt ihr mir sagen, wo Hanna und ihre Mutter jetzt wohnen?«, fragte Herr Kiesling vorsichtig. »Ich habe das Gefühl, die Nachwelt sollte mehr über diesen Menschen erfahren.«
Die drei Freunde sahen sich an. Sie fanden es nicht in Ordnung, Hannas Adresse ohne ihre Einwilligung weiterzugeben – dafür hatte Herr Kiesling Verständnis.

Nachdem er gegangen war, probierte Tim die Türklingel aus. Sie war tatsächlich kaputt. »Ich glaube, der ist harmlos«, stellte er fest. »Wenn auch aufdringlich.«
Mit drei Tassen heißer Schokolade saßen die drei wenig später auf Klößchens Couch und öffneten endlich die kleine Dose, die sie im Keller der Schneevilla gefunden hatten. Darin befanden sich ein weiteres Messingplättchen und ein gefaltetes Papier.

*Wenn ich über neue Rätsel nachdenke, mache ich oft Spaziergänge.
Gehen regt die Gehirntätigkeit an, das ist erwiesen. Folgende
Route ist mein Lieblingsweg durch die Innenstadt: Nach einer
Tasse heißer Schokolade im Café Altmann gehe ich Richtung
Bahnhof. Aber gleich biege ich rechts in die Diepoldstraße ab und
nehme die nächste wieder rechts. Am Rande des Waldemarplatzes
spaziere ich entlang und biege dann in die Bäckerstraße ein.
Der folge ich, bis es nicht mehr weitergeht, dann biege ich wieder
rechts ab. Die nächste rechts und schon bin ich wieder in der
Lippstressstraße. Kurz darauf biege ich links in den kleinen
Daumenweg ab. Dann links in die Thielemannstraße bis zum
Bahnhof. Links in die Bahnhofsstraße und den ganzen Bahnhof
entlang. Erst bei der Moselstraße biege ich wieder ab und dann
links in die Canisiusstraße. Wenn ich dann wieder links abbiege,
bin ich ein drittes Mal in der Lippstressstraße und spaziere
wieder auf den Bahnhof zu. Vor dem Bahnhof bleibe ich stehen.
Dort im Café am Bahnhof gibt es herrliche Torten!
Probiere es aus!*

Klößchen stöhnte. »Nicht schon wieder durch die Stadt eiern!«

Aber es half alles nichts. Eine Stunde später trafen sich Tim, Karl und Klößchen an der Ecke Waldemarplatz und Lippstressstraße mit Gaby. Hanna hatten sie nicht erreicht. Karl hatte herausgefunden, dass sich hier früher das Café Altmann befunden hatte.

»Oskar muss über Nacht zur Beobachtung beim Tierarzt bleiben«, erzählte Gaby. »Bestenfalls ist es nur Rückwärtsniesen.«
»Das wird schon wieder«, tröstete Tim Gaby.
Klößchen versuchte Gaby mit einem Scherz aufzumuntern: »Rückwärtsniesen? Wie geht das? Ischtah statt Hatschi?« Gaby lächelte. Es war schön, Freunde zu haben, die einen trösteten.
Von der Lippstressstraße aus gingen TKKG den Weg ab, so wie er auf dem Zettel beschrieben war. Doch ihnen fiel nichts dabei auf. Also gingen sie den ganzen Weg ein zweites Mal. Auch danach hatten sie keine Idee, worauf der Schneefürst hinauswollte.
»Wir stecken fest!«, bemerkte Tim frustriert. »Noch mal!«
Tim, Karl und Gaby machten sich daran, die Strecke ein drittes Mal abzugehen. Nur Klößchen streikte. Es war schon dunkel und er wollte zurück ins Internat. Er versprach, dort weiter über dem Rätsel zu brüten.

Im kuschelig warmen Adlernest steckte Klößchen unter seiner Decke, in der Hand eine Tafel Nuss-Nugat. Schmatzend betrachtete er den Zettel. Dann stand er auf und holte einen Stadtplan aus Tims Schreibtischschublade. Dazu einen Stift. »Spaziergänge macht man am besten im Bett!«, murmelte er und schlüpfte schnell wieder unter die Decke.

Findest du heraus, worauf der Schneefürst in diesem Rätsel hinauswill?

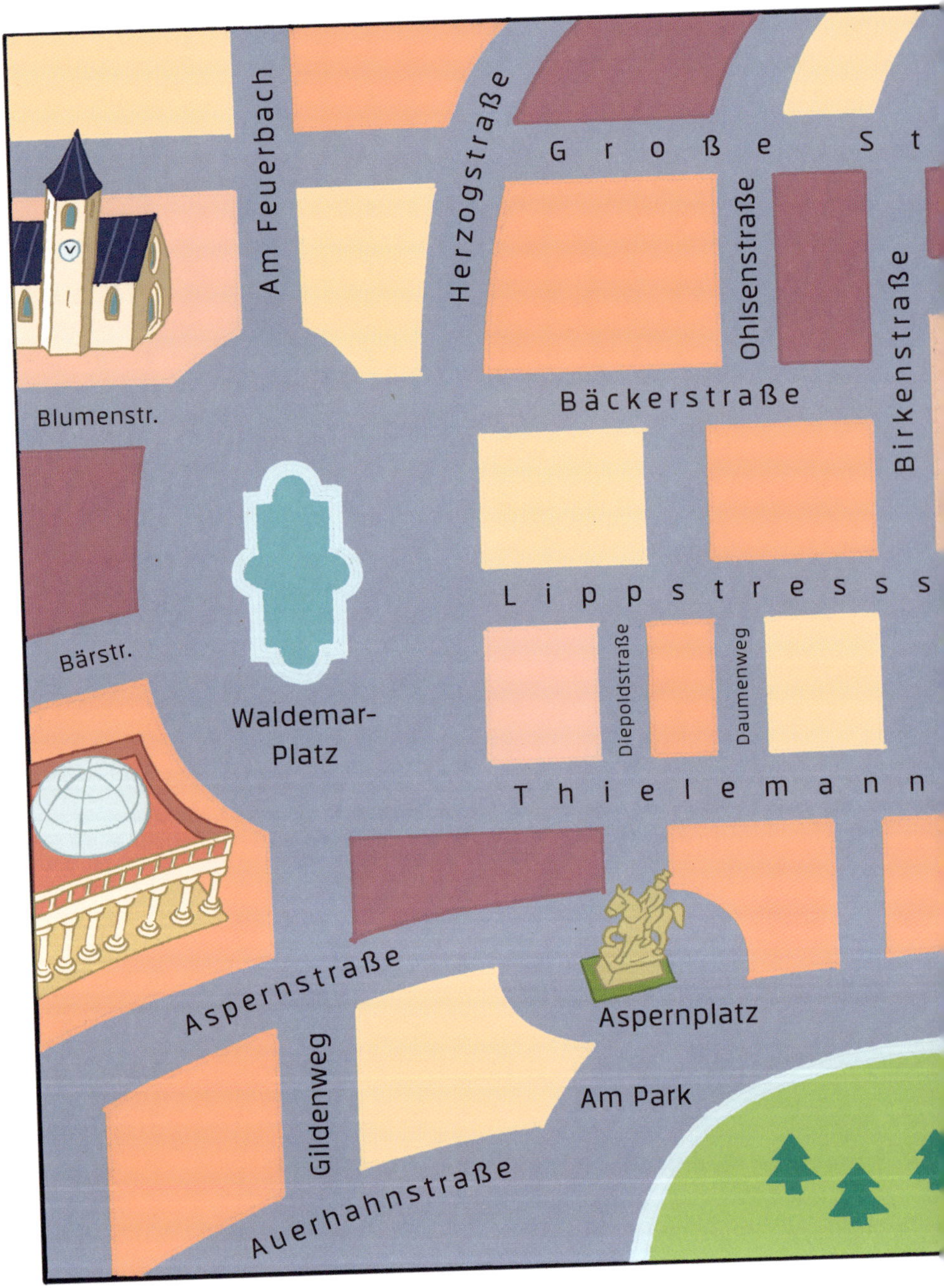
Am Feuerbach
Herzogstraße
Große St
Ohlsenstraße
Birkenstraße
Blumenstr.
Bäckerstraße
Lippstresss
Bärstr.
Diepoldstraße
Daumenweg
Waldemar-
Platz
Thielemann
Aspernstraße
Aspernplatz
Gildenweg
Am Park
Auerhahnstraße

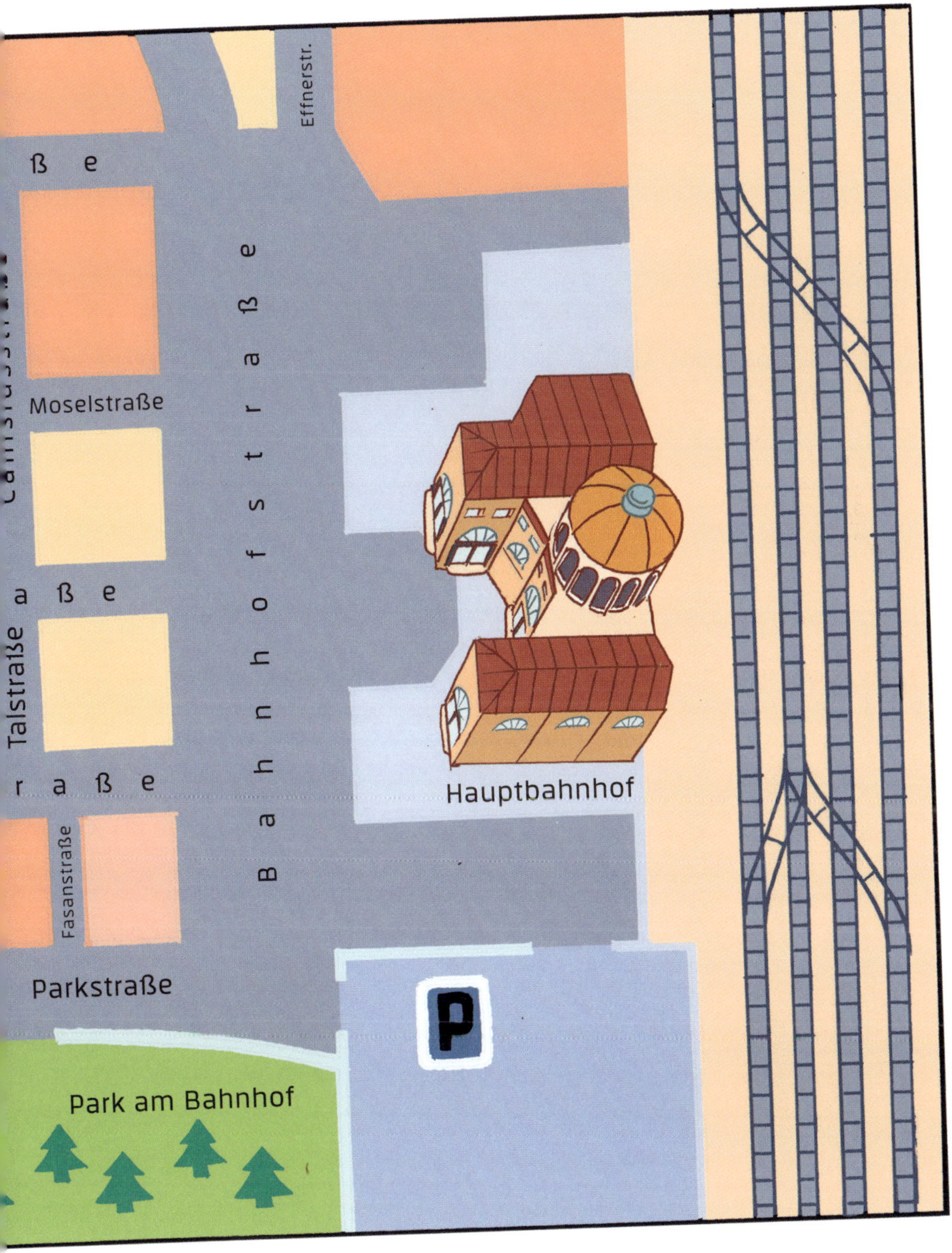

Effnerstr.
Moselstraße
Bahnhofstraße
Talstraße
Hauptbahnhof
Fasanstraße
Parkstraße
Park am Bahnhof

»Ernsthaft?«, fragte Karl ungläubig. »122333? Das ist doch keine zufällige Ziffernfolge!«
»Stimmt«, antwortete Klößchen und startete den Druckvorgang, »aber gemerkt hab ich sie mir trotzdem nicht. Ich werde das Passwort wieder zu ›SCHOKOLADE‹ ändern, denn merke: Wenn man selbst nicht mehr in seinen Laptop reinkommt, ist das Passwort *zu* sicher!«
Die vier von TKKG studierten noch eine Weile das Tagebuch des Schneefürsten und schliefen dabei einer nach dem anderen ein. Erst Klößchen, dann Gaby, dann Tim. Als Karl die letzte Seite gelesen hatte, murmelte er: »Das muss ein ganz außergewöhnlicher Mensch gewesen sein.« Er nahm seine Brille ab, knipste das Licht aus und schlief ebenfalls ein.

Am nächsten Morgen verließen Tim, Karl, Gaby und Klößchen gleich nach dem Frühstück die Villa der Sauerlichs, um Hanna zu besuchen. Oskar hob gleich an der ersten Laterne sein Bein und färbte den Schnee gelb. Tim hatte den Ausdruck des Tagebuchs dabei und überflog die Seiten auf dem Weg durchs verschneite Villenviertel. Klößchen stiefelte mürrisch hinter seinen Freunden her. »Ich habe eine gute und eine schlechte Nachricht«, murmelte er. »Die schlechte ist: Mir ist heute Morgen aufgefallen, dass beim Sauerlich-Adventskalender nur noch 15 Gramm Schokolade hinter jedem Türchen stecken! Letztes Jahr waren es noch 20! Mein Vater sagt, das sei wirtschaftlich notwendig – sprich: ein Mehrgewinn von hunderttausenden Euros!«

»Das ist viel Geld, ist das also die gute Nachricht?«, wollte Gaby wissen.

»Nee, die gute ist, dass mir eingefallen ist, was ich mir von meinen Eltern zu Weihnachten wünschen kann. Aber das verrate ich euch noch nicht!«, antwortete Klößchen und ein Lächeln umspielte seinen Mund.

Als TKKG an der Schneevilla vorbeikamen, trauten sie ihren Augen nicht. Auf dem Hügel war ein Polizeieinsatz im Gang und Gaby erkannte ihren Vater, der gerade in der Eingangstür verschwand. Sofort liefen sie die Auffahrt hoch und traten vorsichtig in die Eingangshalle. Zwei Mitarbeiter der Spurensicherung schlurften in weißen Schutzanzügen die große Treppe nach unten und berichteten Hauptkommissar Glockner, dass der Tatort gesichert sei und nun betreten werden könne. Dass TKKG hier aufkreuzten, wunderte Herrn Glockner nicht, denn wo sich ein Verbrechen ereignete, waren die vier nicht weit. Er stellte ihnen seine neue Kriminalassistentin Tamina Salah vor.

»Freut mich«, sagte die groß gewachsene Frau freundlich, obwohl ihr Blick verriet, dass sie sich nicht ganz sicher war, was Jugendliche bei einer polizeilichen Ermittlung verloren hatten.

Die Frau mit der eckigen Brille und der merkwürdig kantigen Frisur, die neben Glockner stand, war so aufgeregt, dass sie TKKG erst gar nicht wahrzunehmen schien. Wie ein Wasserfall redete sie auf den Hauptkommissar ein. Als sie fertig war, waren TKKG voll im Bilde: Die Frau hieß Erika Fitz und war die neue Eigentümerin der Villa. Während sie letzte Nacht eine Gala anlässlich einer Architektur-Preisverleihung besucht hatte, war eine sehr wertvolle Vase aus der Bibliothek gestohlen worden. Es handelte sich um eine echte Ming-Vase, ein Familienerbstück, das Frau Fitz versteigern lassen wollte. Sie hätte ihr mehrere Millionen eingebracht.

»Mehrere Millionen?«, stutzte Kommissar Glockner und sah von seinem kleinen Notizblock auf.

»O ja! Wissen Sie, was eine echte Ming-Vase wert ist? Genau das!«, fuhr Frau Fitz ihn an und rollte mit den Augen.

Kriminalassistentin Tamina Salah zeigte auf die Umzugskartons: »Ziehen Sie gerade aus oder ein?«

»Ich ziehe ein«, antwortete Frau Fitz, »aber ich packe gar nicht alles aus, denn ich werde nur so lange hier wohnen, bis es mit der Baustelle losgeht. Ich werde aus dieser verschnörkelten Kitsch-Villa ein kubistisches Meisterwerk mit Ecken und Kanten machen! Ein riesiger Würfel und darauf noch ein Würfel und noch einer! Mein Haus wird das Schmuckstück des Villenviertels sein!«

Frau Fitz strahlte, aber sie war die Einzige. Offensichtlich teilte niemand ihre architektonische Vision vom Villenviertel.

»Na, was schauen Sie so? Kommen Sie!«, herrschte sie den Kommissar an und lief die Treppe hoch. Wie selbstverständlich folgten auch TKKG. Das riesige Zimmer, das Frau Fitz den Ermittlern zeigte, bestand aus zwei prall gefüllten Bücherwänden, die bis unter die Decke reichten. In der anderen Ecke stand einsam ein uralter Schreibtisch.

»Da drüben auf dem Tisch stand die Vase. Ohne die Millionen, die sie mir eingebracht hätte, wackelt mein gesamtes Bauvorhaben«, rief Frau Fitz wütend.

»Sind Sie denn nicht versichert?«, fragte Kommissar Glockner.

»Doch! Aber man kennt ja die Versicherungen: Wenn es irgendwie geht, winden sie sich raus!«, erklärte Frau Fitz.

»Warum stand die Vase auf dem leeren Schreibtisch?«, fragte Kriminalassistentin Salah.

»Na, wo sollte ich sie denn Ihrer Meinung nach hinstellen?«, schimpfte Frau Fitz. »Aufs Klo? Sie ist Millionen wert! Natürlich lasse ich sie nicht im Umzugskarton liegen! Hat das denn überhaupt irgendeine Bedeutung? Die Vase ist weg und Sie müssen sie wiederfinden!«

Wieder rollte sie mit den Augen. Tim vermutete, dass es sich dabei um eine Art Tick handelte. Er lächelte und stieß dabei ein »Hm« aus.

Erst jetzt schien Frau Fitz Notiz von den vier Jugendlichen zu nehmen. »Wer seid ihr denn?«, fragte sie entgeistert.

»Das sind meine Tochter Gaby und ihre drei Freunde«, erklärte Herr Glockner.

»Ja und?«, japste Frau Fitz. »Warum sind Ihre Tochter und ihre Freunde hier?«
Herr Glockner überlegte, wie er Frau Fitz erklären konnte, dass TKKG ihm schon bei so manchem Kriminalfall wertvolle Dienste erwiesen hatten, als Gaby die Frage der Architektin mit einem Paukenschlag beantwortete.
»Wir sind hier, weil wir letzte Nacht in der Villa waren.«
Frau Fitz blieb der Mund offen stehen, also ergänzte Klößchen: »Wir dachten, dort einen Einbrecher gesehen zu haben. Aber als sich vor unseren Augen ein Waschbär trollte, hatten wir eine schlüssige Erklärung und sind wieder abgedampft, ohne die Polizei zu rufen.«
Den Teil mit Hanna und dem Rätsel unter dem Teppich ließ er erst mal weg.
Frau Fitz schnappte vor Aufregung nach Luft: »Wie bitte!? Ihr seid einfach in meine Villa eingestiegen?« Herr Glockner musste sie beruhigen: »Es gibt Schuhabdrücke im Schnee. Wir werden den Täter und auch die Vase finden, keine Sorge!« Danach wandte er sich an TKKG. »Und wir sprechen uns noch! Ihr kommt nachher bitte ins Präsidium!«
Da stand plötzlich ein kleiner, drahtiger Mann in Arbeitskleidung in der Tür. Er hatte lange braune Haare, die er offen trug.
»Frau Fitz? Haben Sie unten den Teppich verschoben?«, fragte er.
»Ach, Joe, gut, dass Sie da sind. Sie haben ja keine Ahnung! Machen Sie bitte erst einmal auf dem Dachboden mit der Entrümpelung weiter!«

Der kleine Mann nickte, starrte auffällig lange auf den Zettelstapel, den Tim in der Hand hielt, und verdrückte sich schließlich pfeifend.
»Gibt es noch weitere Zugänge zur Villa?«, wollte Hauptkommissar Glockner wissen.
»Kommen Sie mit!«, schnaubte Frau Fitz und schon standen TKKG alleine in der Bibliothek.
»Ich hasse es, zu lügen«, sagte Gaby. »Wenn wir auf dem Präsidium unsere Zeugenaussagen machen, werde ich Papa die ganze Wahrheit sagen müssen!« Ihre Freunde nickten.
Tim rannte zum alten Schreibtisch. Immerhin sollte dort das nächste Rätsel auf sie warten. Er zog alle Schubladen auf, sie waren leer. Sorgfältig linste er in den hintersten Winkel.
»Dort, ganz hinten! Da klemmt etwas!«, rief er und zog ein kleines Plättchen aus Messing aus der obersten Schublade.
»Na bitte! Immerhin!«, strahlte er.
Jetzt fiel Karl ein kleiner zarter Pfeil auf der Blende der obersten Schublade auf. Er zeigte nach oben, aber was sollte das bedeuten?
Der Einfall traf Gaby wie der Blitz. Sie zog ihr Handy aus der Hosentasche, legte es in die oberste Schublade, aktivierte den Fotoselbstauslöser und schloss die Schublade. Als sie einen Blick auf das Foto warfen, das das Handy automatisch geschossen hatte, staunten die drei Jungs nicht schlecht: An die Unterseite der Schreibtischplatte war ein Zettel genagelt, der in Handschrift beschrieben war.

»Du bist wirklich gut, Gaby!«, sagte Tim anerkennend und Oskar bestätigte das mit lautem Gebell.
»Kinder?«, tönte Glockners Stimme durch die Villa und TKKG liefen rasch nach unten.
Draußen verschwanden Tim, Karl, Gaby und Klößchen um die Hausecke. Sie hatten jetzt keinen Zweifel mehr, dass Hannas Vermutung richtig war und ihr Urgroßvater einen Schatz versteckt hatte. Und einen neuen Fall für TKKG gab es auch: Wer hatte die wertvolle Ming-Vase gestohlen?
»Lasst uns mal einen Blick auf das Rätsel werfen!«, drängte Karl und Gaby öffnete das Foto auf ihrem Handy.

Findest du den gesuchten Zahlencode?

DER VERFOLGER KEHRT ZURÜCK

»Wir brauchen jetzt die Streifen, die hinten im Tagebuch eingezeichnet sind!«, fiel Hanna ein.

»Dazu haben wir keine Zeit, wir müssen raus!«, rief Gaby. Das Wasser in der Kammer stieg und stieg und würde ihnen jeden Augenblick oben in ihre Gummistiefel schwappen. Als sie die Eisentür öffneten, strömte es aus der Kammer. Die fünf verloren keine Zeit und rannten den Weg zurück, den sie gekommen waren. Es dauerte keine zehn Sekunden, da war der geheimnisvolle Verfolger wieder hinter ihnen.

»Schneller!«, spornte Tim die anderen an. Endlich bogen sie rechts in das Rohr ab, das sie wieder zum Kanal bringen würde, aber der Verfolger ließ sich nicht abschütteln. Da rutschte Hanna das Tagebuch aus der Hand und landete im Wasser.

»Das Tagebuch!«, rief sie, aber es blieb keine Zeit, zurückzulaufen. Als sie links abbogen, hatte der Verfolger sie fast eingeholt. »Vermutlich schaffen wir es nicht nach draußen, ohne geschnappt zu werden«, überlegte Tim, der ganz vorne lief. »Aber er wird sich nach dem Tagebuch bücken. Das bringt uns ein paar Sekunden!«, dachte er fieberhaft. »Hoffentlich genug, um ihn in die Irre zu führen!«

Dann schleuderte er seine Taschenlampe, so weit er konnte,

nach vorne und drückte sich in eine Einbuchtung der Kanalwand.
»Psst! Kommt her, schnell!«, zischte er. Zu fünft drängten sie sich in die Nische, als ihr Verfolger auftauchte. Er rannte – mit dem Tagebuch in der Hand – an ihnen vorbei und stoppte erst beim Lichtkegel von Tims Taschenlampe. Er hob sie auf, drehte sich im Kreis, leuchtete herum, dann verschwand er fluchend.
»Das war Joe!«, flüsterte Hanna. »Und jetzt hat er mein Tagebuch!«
»Das kriegen wir wieder, versprochen«, tröstete sie Tim. »Und für die Rätsel hab ich ja noch den Ausdruck im Adlernest.«
Da Joe außer Sichtweite war, verließen die fünf die enge Einbuchtung. »Aber warum verfolgt er uns?«, fragte Klößchen.
»Weil er der Vasendieb ist und unsere Ermittlungen stören will«, antwortete Gaby.
»Oder er ist ein Schatzjäger«, sagte Hanna. »Er könnte sich extra für die Entrümpelungsarbeiten gemeldet haben, um ungestört nach dem Schatz suchen zu können. Gefunden hat er aber eine millionenteure Vase – und hat sie einfach mitgenommen.«
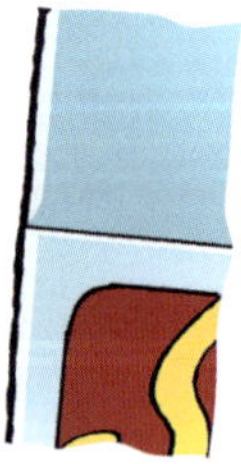
»Herr Glockner muss Joe unbedingt überprüfen«, schloss Karl. »Immerhin passt der rote Wollpullover im Baucontainer vielleicht zu den Fasern am zersplitterten Fenster.« Gaby stimmte zu.
»Heute Nacht richten wir nichts mehr aus, Freunde«, stellte Klößchen fest. »Treffen wir uns morgen in der großen Pause?«

»Die 23 … und … die 24!«, murmelte Klößchen, als er seinen Adventskalender am nächsten Tag in der großen Pause bis zum letzten Türchen plünderte, weil er befürchtete, sonst auf der Stelle einzuschlafen. Tim, Karl, Gaby, Klößchen und Hanna, die sich im Adlernest getroffen hatten, waren allesamt nicht gerade ausgeschlafen.
Tim hatte die Papierstreifen aus seinem Ausdruck ausgeschnitten und klebte Vorder- und Rückseiten zusammen. »So! Jetzt sieht es aus wie im Originaltagebuch«, sagte er zufrieden.
»Mach die Ziehharmonika ... und zieh!«, murmelte Hanna. »Hmm, zwei Dreiecke. Eins drunter, eins drüber!«

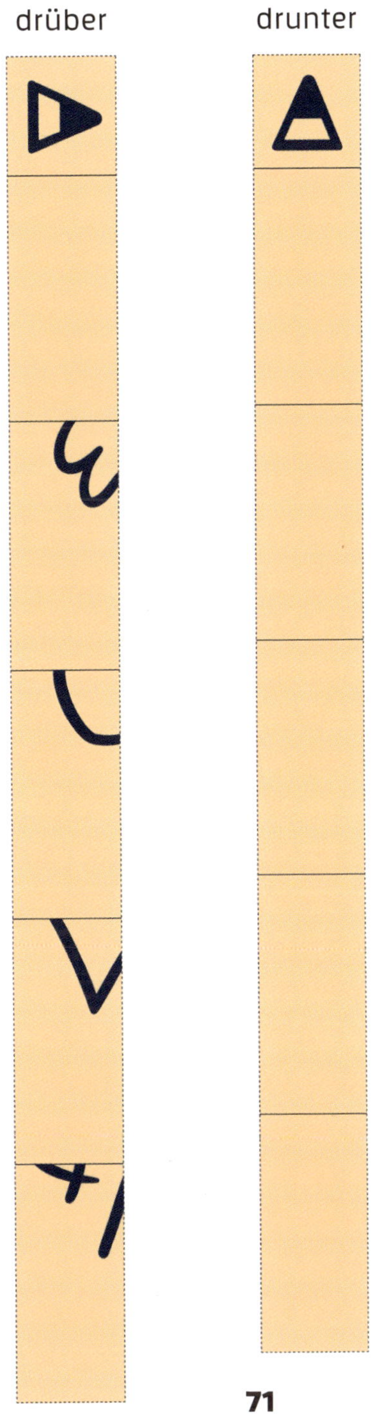

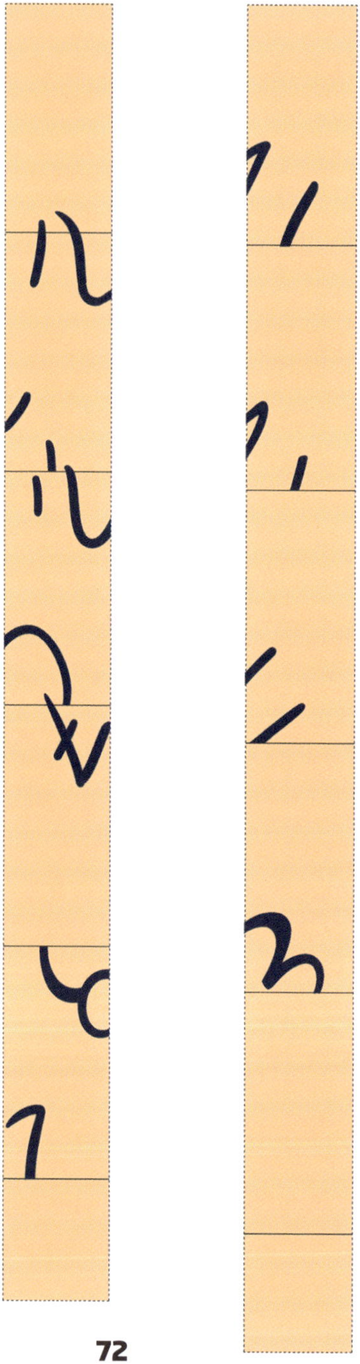

Eine Ziehharmonika hat Falten. Knacke den Code! Die Dreiecke markieren wohl den Beginn …

KLÖSSCHENS BLUFF

»Da die Haushälterin A. Seifert dem Schneefürsten scheinbar sehr nahestand, könnte sie mitbekommen haben, wie sich der Schneefürst eine Schatzjagd ausdachte!«, stellte Karl fest.

»Und wenn Joe wiederum ein Nachfahre der Haushälterin ist«, ergänzte Klößchen, »hat er vielleicht über sie von dem Schatz erfahren!«

»Joes Großmutter ist vor ungefähr drei Jahren gestorben, kurz bevor er anfing, bei uns zu arbeiten, das hat er uns damals erzählt«, erinnerte sich Hanna. »Vielleicht hat sie ein Tagebuch hinterlassen oder so!«

Das konnte also bedeuten, dass Joe Seifert vor drei Jahren genauso wenig zufällig Hausmeister bei Hannas Familie geworden war, wie er jetzt nicht zufällig Entrümpler von Frau Fitz geworden war! War er schon immer hinter dem Schatz her gewesen? TKKG kombinierten fieberhaft. Eines war klar: Sie sollten sich besser beeilen, den Schatz zu finden! Und dazu mussten sie jetzt das Uhrenrätsel knacken.

Hanna gab TKKG genaue Anweisungen. »In der Eingangshalle ist oben am Stuck je eine Uhr an jede Wand gemalt. Insgesamt sind es vier. Drei davon mit Zeigern, eine ohne. Die ohne ist auf der Seite der Eingangstür. Ihr müsst also im

Grunde nur in der Tür stehen, um die drei Uhren mit Zeigern sehen zu können!«
Während Hanna in Deckung blieb, rannten TKKG den Hügel nach oben und klopften an die Tür. Die klackernden Schritte von Stöckelschuhen kamen näher, dann öffnete Frau Fitz die Tür. Sie rollte genervt mit den Augen. »Was wollt ihr denn schon wieder?«
Karl überreichte Frau Fitz das Mathematikbuch. »Das wollte ich Ihnen zurückgeben«, sagte er höflich.
Wieder verdrehte Frau Fitz die Augen. »Meine Güte! Deshalb stört ihr mich!? Als ob ich dieses alte, gammlige Buch brauchen würde! Sagt mal, wo starrt ihr denn die ganze Zeit hin?«, fragte sie misstrauisch.
»Wir!? Nirgends!«, antwortete Klößchen. Eine Pause entstand, dann bluffte er. »Nein, wir haben leider keine Zeit für eine heiße Schokolade, aber danke für die Einladung!«
»Wie bitte?« Frau Fitz stutzte und wieder hatten TKKG wertvolle Sekunden gewonnen, um zu den Uhren zu spähen.
»Na, wir haben keine Zeit dafür!«, spielte Klößchen das Spiel weiter. »Wir müssen zu Kommissar Glockner, es gibt einen neuen Fall: Hundeentführung. Ganz fiese Nummer!«
Fitz' Gesicht zuckte kurz, als hinter ihr wie aus dem Nichts Joe Seifert auf der Treppe erschien. »Das interessiert mich aber nicht«, sagte die Architektin schließlich und knallte TKKG die Tür vor der Nase zu.
TKKG hörten, wie Joe sagte: »Warum verbrennen wir die

ganzen Bücher nicht einfach im Garten? Ich werfe sie von oben ins Feuer und spare mir so jede Menge Schlepperei! Und Sie müssen nicht für die Entsorgung zahlen!«
Auch die Antwort von Frau Fitz konnten TKKG noch hören. »Toller Vorschlag. Mit dem hier können wir gleich anfangen. Was täte ich nur ohne Sie, Joe, Sie haben immer die besten Ideen!« Dann stöckelte sie davon.
TKKG rannten zu Hanna und erzählten ihr, was sie belauscht hatten. Hanna war außer sich, wie konnte man nur Bücher verbrennen! Und dann auch noch die des Schneefürsten! Währenddessen zog Karl ein Blatt Papier aus seinem Rucksack und malte vier Kreise drauf.
»Los jetzt, bevor wir die Uhrzeiten wieder vergessen!«, drängte er.

Schau dir die drei Uhren an ...
Weißt du, welche Uhrzeit die vierte Uhr zeigen muss?

ALIBI DANK HAUSDURCHSUCHUNG

»Das Rätsel gehört in den Bereich der Aussagenlogik«, dozierte Karl.

»Von wegen Logik!«, stöhnte Klößchen. »In meinem Kopf herrscht das reinste Chaos, ich weiß gar nichts mehr. Außer dass heute nicht Samstag ist, sonst wäre ja morgen schon Weihnachten!«

Hanna öffnete das Tagebuch ihres Urgroßvaters auf ihrem Handy und schlug den 2.12.1928 nach. Gemeinsam grübelten sie über dem nächsten Rätsel, fanden aber nicht den richtigen Ansatz. Hanna ahnte auch, warum: »Ich glaube, dafür brauchen wir das Original!« Schnell fischte sie das alte Tagebuch, das sie nun immer dabeihatte, aus ihrer Schultasche und begann zu blättern. Da klingelte es zum Unterricht.

TKKG und Hanna verabredeten sich für die nächste Pause und stürmten in den Flur. Hanna musste rechts lang, TKKG links.

Kurz bevor TKKG ihre Klasse erreichten, traute Klößchen seinen Augen nicht. »Herr Kiesling!«, rief er erstaunt.

Herr Kiesling begrüßte die vier und fragte sie, wo er den Schuldirektor finden könne. »Wir sind verabredet, weil ich im Leistungskurs Geschichte einen Vortrag über die chinesische Hochkultur des 15. und 16. Jahrhunderts halten soll«, erklärte er. Dabei fasste er sich immer wieder an die Stirn, er wirkte fahrig.

Klößchen konnte es sich nicht verkneifen, ihn auf seine dunklen Augenringe anzusprechen: »Haben Sie zu wenig Schlaf bekommen? Waren Sie vielleicht gestern Nacht schon mal hier?«

Herr Kiesling blinzelte verwirrt. »Wie bitte? Warum sollte ich? Aber geschlafen habe ich wirklich kaum.« Dann erzählte er, dass gestern gegen 22 Uhr die Polizei unter der Leitung einer Frau Salah ganze vier Stunden lang sein Haus auf den Kopf gestellt hatte, um die gestohlene Ming-Vase zu finden. Jemand hatte die Polizei verständigt, weil er ihn angeblich samt der wertvollen Vase durchs Fenster gesehen hatte.

»Und? Hat Frau Salah gefunden, was sie gesucht hat?«, fragte Karl.

»Nein, natürlich nicht. Die sieben Ming-Vasen, die ich besitze, sind billige Kopien. Ich kann mir doch keine echte Ming-Vase leisten!«, stöhnte Herr Kiesling.

»Mit der Hausdurchsuchung haben Sie ein Alibi für letzte Nacht«, murmelte Gaby nachdenklich.

»Alibi? Du klingst ja wie eine echte Ermittlerin!«, wunderte sich Herr Kiesling.

»Sie ist die Tochter eines Kriminalkommissars«, erklärte Karl und zuckte mit den Schultern.

Trotz Alibi war Klößchen noch nicht ganz von Kieslings Unschuld überzeugt. »Wo haben Sie denn eigentlich Ihren

roten Schal gelassen?«, fragte er misstrauisch. »Haben Sie den vielleicht – wie Ihre Winterstiefel – verschwinden lassen?«
Kiesling sah ihn verwundert an. »Meinen roten Schal hat Frau Salah zur Materialprüfung mitgenommen. Und meine Winterstiefel auch. Sie hat sie gestern Nacht in meiner Mülltonne gefunden!«, sagte er und schüttelte den Kopf.
Das wollten TKKG natürlich genauer wissen und Herr Kiesling berichtete, was passiert war: »Vor ein paar Tagen – kurz vor dem heftigen Schneefall – kam ich nach Hause und meine Stiefel waren total matschig, also zog ich sie vor der Haustür aus und ließ sie dort stehen. Aber als ich sie ein paar Stunden später säubern wollte, waren sie einfach weg! Bis Frau Salah sie gestern im Müll gefunden hat. Und zwar im Papiermüll! Wer macht denn so was?«
In diesem Augenblick kam Frau Mechthild Bleul, die Mathe-Lehrerin der 9b, vorbei und forderte TKKG auf, ihr in den Unterricht zu folgen. Tim zeigte Herrn Kiesling noch den Weg zum Direktorat, dann verabschiedeten sie sich.
In der nächsten Pause hockten Tim, Karl, Gaby, Klößchen und Hanna wieder in der Kartenkammer. Hanna hatte den Tagebucheintrag vom 2.12.1928 aufgeschlagen.

Findest du den nächsten Code?

2.12.1928

Der Advent beginnt, ich zünde die erste Kerze auf meinem Adventskranz an und schaue aus dem Fenster, wo zwei Raben auf dem gefrorenen Gras wild umherhüpfend um eine Nuss kämpfen.

Da fällt mir ein altes Rätsel wieder ein: Heiner Heim ist auf Wanderschaft, sein nächstes Ziel ist Nürnberg. Er kommt gut voran. Schließlich aber gelangt er an eine Weggabelung, an der er nicht weiß, ob er rechts oder links abbiegen muss. Zum Glück sitzt an der Weggabelung ein verzauberter Rabe. Heiner hat gehört, dass es hier zwei verzauberte Raben gibt: Der eine sagt immer die Wahrheit, der andere lügt immer. Und Heiner hat auch gehört, dass der Rabe an der Weggabelung nur eine einzige Frage beantworten wird. Welche Frage muss Heiner also stellen, um den Weg nach Nürnberg zu erfahren? Er denkt scharf nach. Schließlich gelingt es ihm, mit einer einzigen Frage herauszufinden, welcher der beiden Wege nach Nürnberg führt.

EIN EINFACHER REIM

Hanna zückte den Bleistift und notierte die Worte »fünf Messingplättchen«. »›Nimm die fünf Messingplättchen‹ haben wir jetzt«, sagte sie und griff in ihre Jackentasche. »O nein!«

Klößchen starrte sie entsetzt an. »Sag jetzt nicht, du hast die Dinger nicht mitgebracht!«

Immer hektischer durchwühlte Hanna alle Taschen und Fächer ihrer Jacke. Klößchen schloss seine Augen. »Ich kann's nicht glauben!«

Hannas verstörter Blick wich einem breiten Grinsen. »Nur Spaß!«, sagte sie und zog die fünf Messingplättchen aus der Jackentasche.

»Oh Mann«, sagte Klößchen und fasste sich ans Herz. »Ich hoffe, du hast deinen Humor nicht von deinem Urgroßvater und sein sagenumwobener Schatz besteht am Ende aus einem Heft mit Kreuzworträtseln oder so!«

»Ich glaube, das Kreuzworträtsel wurde erst nach dem Tod des Schneefürsten erfunden«, merkte Karl an.

»Ich korrigiere dich nur ungern«, konterte Hanna, »aber das erste Kreuzworträtsel der Welt erschien am 21. Dezember 1913 in der Weihnachtsbeilage der Zeitung New York World. Da lebte mein Urgroßvater noch.«

Tim und Gaby schmunzelten. Es war selten, dass Karl mal eines Besseren belehrt wurde.

Jetzt aber schnell weiter zum letzten Rätsel in dem Brief. Es bestand nur aus einem Reim.

AUSBRUCH AUS DEM INTERNAT

Von einer Knabenlehranstalt in der Millionenstadt hatten Tim, Gaby, Klößchen und Hanna noch nie gehört. Karl nahm seine Brille ab, putzte sie mit seinem Ärmel und sagte ganz nebenbei: »Doch, die kennt ihr. Unsere Internatsschule hieß früher Knabenlehranstalt!«

»Karl, der Computer!«, rief Klößchen aus und löffelte die letzten Bissen seines Tiramisus in sich hinein. Mit vollem Mund schob er nach: »Morgen ist Montag, da können wir ja vor Ort weitermachen!«

Niemand von ihnen bemerkte, dass sich zwei Tische weiter jemand hinter einer riesigen Zeitung versteckte und jedes Wort mithörte.

Es war schon dunkel, als Tim und Klößchen die Internatsschule mit ihren Fahrrädern erreichten. Sie lag etwas außerhalb der Millionenstadt. Zum Glück war die Landstraße vom Schnee befreit worden. Im Schulhof erstrahlte ein riesiger Weihnachtsbaum in vollem Glanz.

»Schade, dass wir verpasst haben, wie Hausmeister Mandl die Lichter angebracht hat«, bedauerte Tim. »Er flucht immer so lustig dabei!«

Tim und Klößchen verstauten ihre Räder im Fahrradschuppen. »Dort ist eine Schraube locker. Denk mal!«, grübelte Tim.

»Ich kann dir auf Anhieb zehn Lehrer aufzählen, die hier 'ne Schraube locker haben«, erwiderte Klößchen, »aber ich befürchte, die hat der Schneefürst nicht gemeint!«

Es war schon Mitternacht, als Klößchen in ihrem gemeinsamen Internatszimmer, dem »Adlernest«, von seinem Handydisplay aufblickte.

»Karl hat gerade ein Foto rumgeschickt: der Schuhabdruck von Hanna im Park!«, informierte Klößchen ihn schmatzend. »Hat er sich aus einer der Drohnenaufnahmen herangezoomt. Er passt nicht zu dem Abdruck unter dem zersplitterten Fenster.«

»Weil sie durch die Tür reingegangen ist«, murmelte Tim vom Schreibtisch herüber und rief plötzlich aus: »Denkmal!«

»Jaaa«, antwortete Klößchen, »das war der Hinweis: Denk mal!«

»Was er damit sagen wollte, ist: Denkmal! Das Denkmal in der Mitte des Schulhofs! Das steht seit Urzeiten dort!« Tim sprang auf und schaute aus dem Fenster hinunter in den Hof. Der Schnee hatte dem steinernen Mann eine weiße Mütze gezaubert. Wer war das eigentlich?, fragte sich Tim. Bestimmt nicht der erste Hausmeister der Schule, denn nützlichen Menschen setzte man selten ein Denkmal. Dann schlüpfte er in seine Turnschuhe.

»Du willst raus?«, fragte Klößchen.

»Da ist doch so eine Eisentafel am Sockel festgemacht. Mal sehen, ob eine der Schrauben locker ist.«

»Ich halte solange im Adlernest die Stellung!«, informierte ihn Klößchen.
Tim lächelte und schlich in den Flur. Aus dem Zimmer mit dem Schild »EvD« drang ein Schnarchen, der Erzieher vom Dienst war also glücklicherweise eingepennt. Tim lieh sich eine große Rohrzange aus dem Abstellraum und ging auf leisen Sohlen zum Fenster am Ende des Flurs. Da die Eingangstür nachts abgesperrt war, war das der einzige Weg nach draußen. Auf einem schmalen Mauervorsprung balancierte Tim zu den Ranken des Wilden Weins. Geschickt schwang er sich daran in die Tiefe. Als er festen Boden unter den Füßen hatte, zog er die Zange aus seinem Hosenbund und näherte sich dem Denkmal. Nur der Weihnachtsbaum erhellte die Dunkelheit, warf aber kein Licht auf die Rückseite des Denkmals. Moment, was war das? War da gerade ein Schatten vorbeigehuscht? Vermutlich eine der drei Hauskatzen.

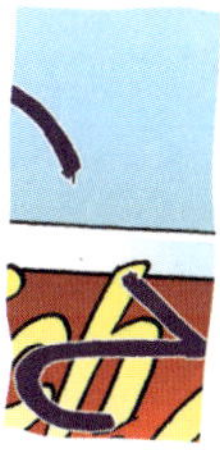

Mit der Rohrzange traktierte Tim die Schrauben. Drei saßen fest, aber eine gab ein bisschen nach. Die musste es sein! Tim brachte seine ganze Kraft auf. Nach wenigen Minuten hielt er die 15 Zentimeter lange Schraube in der Hand und betrachtete sie im Schein der Weihnachtsbeleuchtung. Sie war hohl! Und irgendwas steckte in ihr drin.
Ein Niesen schreckte Tim auf. Er ließ die Schraube in seiner hinteren Jeanstasche verschwinden und schlich um das Denkmal. Abseits des Scheins der Weihnachtsbeleuchtung war nichts als suppendicke Finsternis.

»Hallo?«, fragte Tim in die Dunkelheit hinein. Als Antwort hörte er nur knarzige Schritte im Schnee. »Wer ist da?«, fragte Tim, als die Schritte zu laufen begannen. Tim verfolgte den Unbekannten, seine Augen hatten sich an die Dunkelheit gewöhnt und er konnte erkennen, wie der Unbekannte neben dem Haupttor über die mannshohe Mauer kletterte. Tim hinterher. Aber … wohin war die Gestalt verschwunden? Tim drehte sich im Kreis, als ihn plötzlich ein harter Schlag auf den Rücken traf. Er sackte zu Boden. Jemand zerrte an seinem Pullover und versuchte, an seine Jeanstasche zu kommen.
Tim rappelte sich auf. Mit einem Judowurf streckte er den Angreifer zu Boden. Als sich Tim aufrichtete, fuhr ihm ein stechender Schmerz durch die Lendenwirbelsäule. Gekrümmt erstarrte Tim zu einer lebendigen Statue. Der Unbekannte nutzte die Chance, sprang auf, rannte zu einem Auto, das vor dem Schultor parkte, startete den Motor und verschwand.
Tim richtete sich vorsichtig auf und fluchte, woraufhin der Schmerz merklich nachließ. Immerhin hatte er die hohle Schraube behalten. Und er sah Schuhabdrücke im Schnee …

Am nächsten Tag in der großen Pause trafen sich TKKG und Hanna in der Kartenkammer. Dort – zwischen unzähligen aufgerollten und modrig müffelnden Landkarten – waren sie ungestört. Tim hatte schlecht geschlafen, aber es ging ihm wieder besser. Nur seinen Morgenlauf hatte er ausnahmsweise ausfallen lassen müssen. »Jetzt wird die Sache persönlich«, sagte er. »Wer mir meinen morgendlichen Sport nimmt, macht sich verdammt unbeliebt bei mir. Also: Wer war der Angreifer?«

Es musste sich um einen Schatzjäger handeln, ganz klar. Außer ihnen war also noch jemand hinter dem Schatz her.

»Na, dieser Kiesling, wer sonst!«, rief Klößchen.

Karl hatte auf der Webseite eines Auktionshauses ein Foto der gestohlenen Vase gefunden mit dem Hinweis: »Versteigerung demnächst.« Die Vase war voller kryptischer Zeichen.

»Sie wird auch ›Rätsel-Vase‹ genannt, weil darauf ein chinesisches Bilderrätsel vermutet wird«, erklärte er. »Das könnte heißen: Der Dieb, der gewusst haben muss, dass der Schneefürst seinen Schatz durch Rätsel gesichert hat, war auf der Suche nach Hinweisen auf den Schatz. Er hielt die Vase irrtümlich für einen solchen Hinweis und nahm sie mit.«

»Herr Kiesling, sag ich ja!«, wiederholte Klößchen.

»Nein«, erwiderte Tim, »Kiesling kennt sich mit der Ming-Dynastie aus, er wird wohl kaum eine Ming-Vase für einen Hinweis des Schneefürsten halten. Außerdem stimmt der Schuhabdruck von meinem Angreifer gestern Nacht nicht mit dem am Fenster der Schneevilla überein.« Dann zog er die hohle Schraube aus seiner Hosentasche. »Hast du deinen Rucksack dabei, Karl?«, fragte er.

»Klar!«, antwortete Karl und fischte eine Pinzette heraus.

»Langsam werdet ihr mir unheimlich«, sagte Hanna lächelnd.

Vorsichtig zog Tim mit der Pinzette ein Stück Papier aus der hohlen Schraube und entrollte es.

Sieben Freunde trafen sich und es begann ein Streit,
welcher Wochentag denn heute sei.
Der Erste sagte, es sei bestimmt Dienstag.
Daraufhin widersprach der Zweite, das sei nicht richtig,
denn Dienstag sei ja morgen.
Der Dritte schüttelte den Kopf, beide lägen falsch,
denn Dienstag sei ja gestern gewesen.
Daraufhin widersprach der Vierte und bestand darauf,
dass gestern Samstag gewesen sei.
Der Fünfte starrte lange in die Luft und sagte schließlich im
Brustton der Überzeugung, dass heute entweder Donnerstag
oder Freitag sei.
Das glaubte der Sechste nicht, denn er war sich sicher,
dass heute Sonntag sei.
Der Siebte antwortete nur knapp, heute sei gewiss nicht Sonntag.

Und ich? Ich stand daneben und schmunzelte, denn mir fiel auf,
dass nur eine der sieben Personen recht hatte.
Nun frage ich dich:
An welchem Wochentag hat sich diese Geschichte zugetragen?

Addiere die Buchstaben der Lösung (A = 1, B = 2, …)!

DAS HAUS VON »ONKEL BERT«

Während Hanna rätselte, wohin sie dieser unheimliche Hinweis führen wollte, schaute Klößchen auf die Uhr. »Apropos Uhrzeit«, sagte er, »Tim, wir müssen dringend los, wenn wir noch rechtzeitig zur Arbeitsstunde im Internat sein wollen!«
Gabys Handy piepte und sie überflog die Nachricht. »Mein Vater schreibt, dass die Vase gegen Diebstahl, nicht aber gegen Bruchschäden versichert ist«, informierte sie ihre Freunde. Das würde der Kripo eine ganz neue Ermittlungsrichtung eröffnen.
»Leider wurde die Mülltonne von Frau Fitz heute geleert. Damit sind mögliche Scherben der Vase unauffindbar«, bedauerte Karl.
Da es langsam dunkel wurde, beschlossen sie, für heute Schluss zu machen. Nur Gaby schüttelte den Kopf.
»Ich kann noch nicht nach Hause. Ich werde jede Stunde nutzen, um Oskar zu suchen!«, sagte sie und presste ihre Lippen aufeinander.
»Wir sind natürlich dabei«, sagte Tim sofort. »Die Arbeitsstunde muss heute ausfallen! Wo sollen wir ansetzen, Pfote?«
Gaby glitzerten vor Rührung Tränen in den Augen. Tim hatte sie seit Ewigkeiten nicht mehr »Pfote« genannt und sie war sich sicher, dass das kein Zufall war.

»Frau Fitz rief Joe doch gerade zu, dass er immer die besten Ideen hätte«, sagte Gaby. »Was ist, wenn es Joes Idee war, die Vase – oder besser die Scherben – zu stehlen, damit Frau Fitz die Millionen von der Versicherung bekommt?«

»Ja«, sagte Tim. »Hanna, weißt du zufällig, wo Joe Seifert wohnt?«

Hanna nickte und sie rannten los.

Sie bemerkten nicht, dass ihnen jemand folgte.

Joe Seifert wohnte nicht im Villenviertel und wie Gaby schnell feststellte, wurden die Mülltonnen in dieser Gegend offensichtlich an einem anderen Tag geleert. Alle waren beeindruckt, dass Gaby sich nicht unterkriegen ließ.

»Die Beschreibung von ›Onkel Bert‹ passt durchaus auf Joe Seifert«, überlegte Tim, während sie sich auf dem Gehsteig dem weißen, unscheinbaren Einfamilienhaus näherten. »Klein, drahtig, helle, unruhige Augen.«

»Wir müssen vorsichtig sein«, flüsterte Gaby. »Jetzt bloß keinen Fehler machen! Wir gehen nur dran vorbei, ohne stehen zu bleiben.«

Im Vorbeigehen fiel ihr auf, dass die Mülltonne nahe am Haus stand. Und unter dem Deckel klemmte eine Verpackung, die verdächtig nach Hundeleckerlis aussah.

»Joe hat keinen Hund«, murmelte Hanna, die die Verpackung auch gesehen hatte. Gaby wurde plötzlich ganz heiß.

Tim wollte sofort klingeln oder noch besser einbrechen, denn

Seifert war schließlich gerade bei Frau Fitz. Für Gaby und Oskar würde er sogar eine klitzekleine Straftat begehen.
Aber Gaby winkte ab. »Danke, Tim, ich weiß das sehr zu schätzen, aber es wäre jetzt nicht schlau, überstürzt zu handeln«, sagte sie, während sie weitergingen. »Es kann sein, dass Joe einen Komplizen hat. Ich hatte das Gefühl, dass da ein Schatten hinterm Vorhang war. Wir dürfen jetzt nicht den Kopf verlieren!«
Per Handy schrieb sie ihrem Vater: »Dringend die Mülltonne von Joe Seifert überprüfen! Noch heute! Er hat vielleicht Oskar!«

Es war schon Abend und alle fünf waren längst zu Hause beziehungsweise im Internat, als eine Nachricht von Gaby kam: »Frau Salah hat das Haus durchsucht, Oskar war leider nicht dort. Die volle Mülltonne haben sie aufs Präsidium mitgenommen, um sie zu durchsuchen.«
Kurz darauf meldete sich auch Hanna mit einer Nachricht: »Ich weiß jetzt, wohin wir müssen: auf den Friedhof!«

Die Uhr der kleinen Friedhofskapelle schlug Mitternacht. Der Westfriedhof lag in absoluter Dunkelheit. Ausgerüstet mit Taschenlampen schlichen Tim, Karl, Gaby, Klößchen und Hanna zwischen den Gräbern. »Es geht noch tiefer hinunter als je zuvor. Es geht ans Ende meines Lebens«, zitierte Hanna das Tagebuch. Sie war sich ganz sicher, dass sie zur

Familiengruft mussten, zur letzten Ruhestätte des Schneefürsten!
Klößchen fröstelte ganz ordentlich und das kam nicht nur von der Kälte. Nein, es war verdammt unheimlich, nachts über einen Friedhof zu stiefeln. Hier rief ein Käuzchen, dort flatterte eine Fledermaus haarscharf über ihre Köpfe hinweg.
Sie erreichten einen gedrungenen steinernen Bau und Hanna zog den Schlüssel heraus, den sie von ihrer Mutter »geliehen« hatte. Sie schloss auf und zog an dem schweren Tor, das lautstark zu knarzen begann. Ihre Taschenlampen leuchteten das Dunkel vor ihnen aus: Stufen führten in die Tiefe.
Wortlos ging sie voraus. Die anderen folgten ihr in die kalte Gruft hinunter.
Steinerne Särge standen dort unten an den Wänden. Hanna fand schnell den des Schneefürsten. Ein kalter Schauer fuhr durch ihren Körper, als sie für einen Moment bedächtig ihre Hand darauflegte. Dann leuchtete sie ihn nach möglichen Hinweisen ab.
In der Zwischenzeit war Tim eine Stelle nahe der Wand aufgefallen, auf der sich großflächig Moos ausgebreitet hatte. »Wir werden alle wieder zu Moos«, murmelte er und begann, das Moos abzukratzen.
»Ha!«, rief er aus. »Da drunter ist eine Steinplatte mit Eisenringen dran!« Aber die Platte ließ sich keinen Millimeter anheben. Nachdem TKKG das ganze Moos abgekratzt hatten, war auch klar, warum: Vier eiserne Riegel sicherten die

Steinplatte. Karl schob die abgesenkten Riegel hin und her. »Schaut mal! Da rutschen die Ziffern von 0 bis 9 vorbei! Das ist eine Art Schloss, aber wie lautet der Code?«
In diesem Moment entdeckte Hanna eine Gravur am Steinsarg ihres Urgroßvaters: eine Ziffernpyramide. Ganz unten waren nur Punkte, bestimmt musste man irgendwie die Ziffern der untersten Zeile bestimmen. Aber wie? »Moment mal, da ist noch mehr eingraviert!« Hanna las vor: »Ganz einfach! Ohne rechnen! Zähle, was du siehst!«

Wie lautet die nächste Zeile?
Ganz einfach! Ohne rechnen!
Zähle, was du siehst!

GEHEIME KLOPFZEICHEN

»Warum haben Sie denn bei diesem Schnee keine Stiefel an?«, erkundigte sich Gaby bei Herrn Kiesling, während der in seine Schuhe schlüpfte.

»Das ist eine lange Geschichte«, sagte er und verabschiedete sich eilig.

Klößchen war immer noch empört darüber, dass seine Mutter Herrn Kiesling erlaubt hatte, in sein Zimmer zu gehen. »Ich hoffe, du warst wenigstens dabei!«

Erna Sauerlich schüttelte den Kopf, woraufhin Klößchen lautstark die Treppe in den ersten Stock hochstapfte. »Ich muss jetzt dringend Schokolade essen! Wie immer, wenn ich ärgerlich bin. Oder traurig. Oder glücklich. Oder nervös.«

»Oder müde«, wusste Tim.

»Oder gestresst«, ergänzte Karl.

»Oder entspannt«, schloss Gaby.

»Gleich gibt's Mittagessen! Gesunde Rohkost!«, rief ihnen Frau Sauerlich nach, während sie Klößchen nach oben folgten.

»Ich bin aber kein Kaninchen!«, murrte Klößchen.

Während Tim, Karl und Gaby es sich auf der Riesencouch gemütlich machten und Gaby den sichtlich erschöpften Oskar streichelte, stand Klößchen einfach nur da. »Es fühlt sich total komisch an, dass dieser Kiesling hier drin war«, bemerkte er.

Tim wandte sich an Gaby: »Warum hast du denn Herrn Kiesling gerade auf seine Schuhe angesprochen?«
»Bei unserer ersten Begegnung mit Herrn Kiesling hat Klößchen ausgeplaudert, dass die Polizei vermutlich die Schuhabdrücke des Täters hat. Wie wir auf dem Präsidium gesehen haben, waren das eindeutig Winterstiefel. Das erkennt man am Profil. Was, wenn das seine Stiefel waren? Dann hätte er jetzt einen guten Grund, sie nicht zu tragen und stattdessen seine Sommerschuhe anzuziehen!«, erklärte Gaby.
Tim nickte anerkennend. »Gut kombiniert, Gaby!«
Auch der rote Schal von Kiesling passte ins Bild. Und wenn der Nachbar wusste, dass die Vase die Mega-Baustelle, gegen die er kämpfte, finanzieren würde, hatte er auch ein Motiv. Aber war es Grund genug, einen Diebstahl zu begehen?
»Na, ganz sicher!«, rief Klößchen. »Und dann hat er seinen Enkel vorgeschoben, um in meinem Zimmer zu schnüffeln! Der weiß vielleicht, dass wir begnadete Detektive sind!«
»Oder er ist ein Schatzjäger«, warf Tim ein. »Als Nachbar hätte er von dem Rätsel erfahren können.«
»Bingo! Ich hab ihn gefunden!«, rief Karl und sah von seinem Handy auf. »Professor Jochen Kiesling ist Historiker an der Universität. Er hat unter anderem ein Buch über die Ming-Dynastie geschrieben. Das passt doch wie die Faust aufs Auge!«
»Der Kerl ist nicht sauber«, beschloss Klößchen und überprüfte dann sein gesamtes Zimmer, ob vielleicht etwas fehlte. »Ha!«, rief er plötzlich aus. »Das Schokoladenpapier mit dem

Passwort ist weg! Der Kiesling-Fiesling hat meinen Computer durchstöbert!«

»Bestimmt ist es nur wieder in deinem Chaos versunken«, merkte Tim an, aber er musste zugeben, dass Herr Kiesling neben diesem Joe in die Reihe der Tatverdächtigen eingeordnet werden musste.

»Der Täter muss von der Vase gewusst haben«, grübelte Gaby. »Ein x-beliebiger Einbrecher hätte ihren Wert bestimmt nicht gekannt. Es war eine gezielte Aktion und der Täter steht irgendwie in Verbindung mit der Schneevilla oder Frau Fitz.«

Klößchen nahm an seinem Schreibtisch Platz und kramte ein Büchlein hervor, auf dem »Codes für Njam-Njam« stand. Dann zog er einen Zettel mit dem Morsealphabet aus einer Schublade, legte seine Hand auf das Heizungsrohr an der Wand und flüsterte: »Na, komm schon, Amalie! Lass mich jetzt nicht hängen!« Als er die fragenden Blicke seiner Freunde sah, erklärte er: »Seit meine Mutter uns mit Rohkost quält, bekommt unsere Köchin Amalie Dessart regelmäßig Geheimaufträge von meinem Vater.«

In diesem Augenblick ertönte ein dumpfes Klopfen über das Heizungsrohr. Klößchen schnappte sich einen Bleistift und schrieb mit. Die Abstände zwischen den Klopfsignalen waren manchmal kurz, manchmal lang, was Klößchen entsprechend notierte. Als die Klopfgeräusche verstummten, verglich er seine Aufzeichnungen mit dem Zettel und schaute dann in sein Büchlein. Schließlich strahlte er übers ganze Gesicht. »Ich weiß jetzt, was Amalie für uns gezaubert hat!«

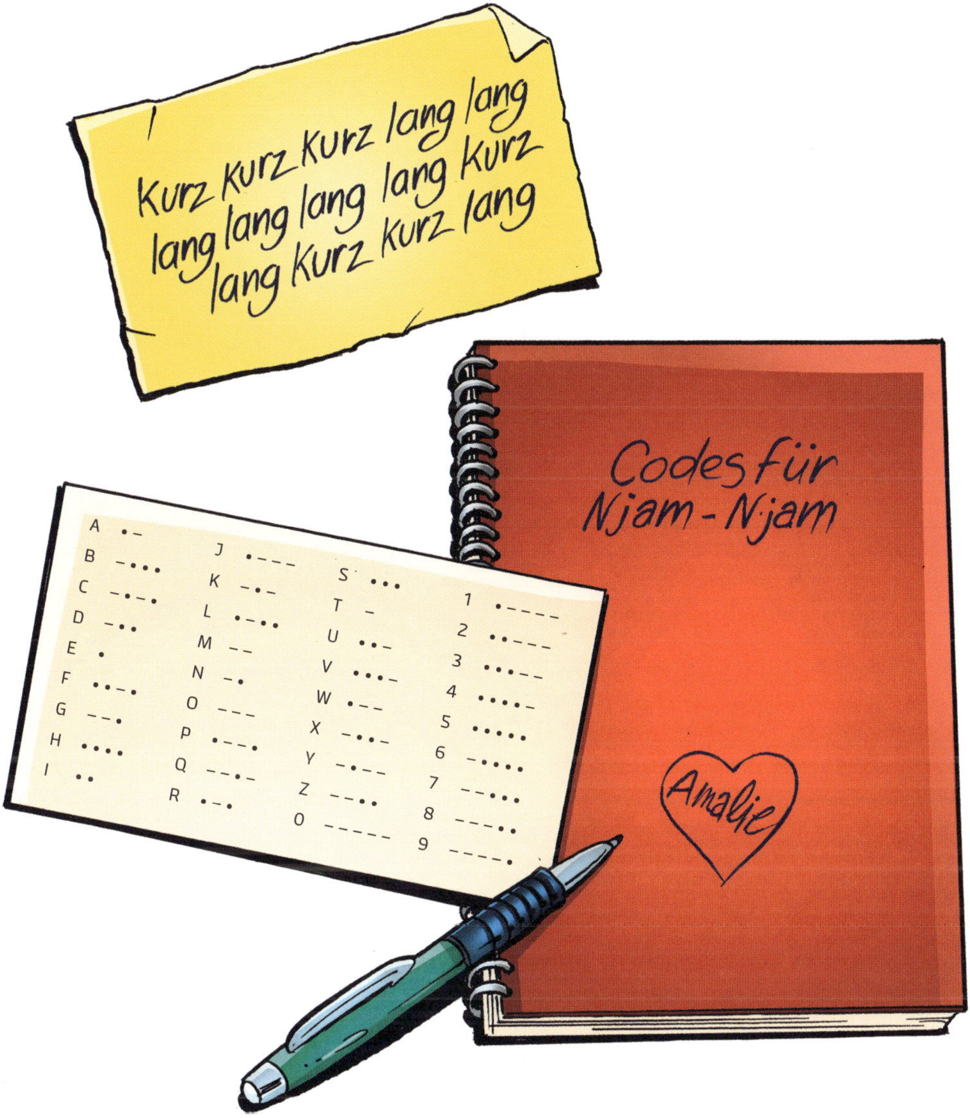

Was hat Amalie Dessart
für die Rohkostverweigerer gekocht?

ES HATTE SO SCHÖN BEGONNEN

Der Schultag zog sich hin. Klößchen versuchte, während des Mathe-Unterrichts etwas Schlaf nachzuholen, doch es gelang ihm nicht. In der letzten Unterrichtsstunde stand für die Jungs Sport auf dem Stundenplan und Dr. Bienert hatte sich ausgerechnet für diesen Tag ein schweißtreibendes Zirkeltraining vorgenommen. »Weihnachtsspeck-Präventionseinheit« nannte er es liebevoll und die Trillerpfeife, die sonst meist ungenutzt an seinem Hals baumelte, kam fast gar nicht mehr zur Ruhe. Klößchen ging irgendwann dazu über, auf Englisch zu fluchen, in der vagen Hoffnung, das würde Dr. Bienert, der die 9b ja auch in Englisch unterrichtete, milder stimmen. Ohne Erfolg.

Entsprechend schlecht gelaunt war Klößchen, als er nach der Schule auch noch den Marienberg, der etwas außerhalb der Millionenstadt lag, erklimmen musste. Die gewundene Fahrstraße war im Winter für den Verkehr gesperrt und diente als Rodelstrecke. Tim, Karl, Gaby, Klößchen und Hanna hatten sich im Waldgasthof am Fuße des Berges Schlitten geliehen. Der Schnee knirschte unter ihren Schuhsohlen, während sie – ihre Schlitten im Schlepptau – die kurvenreiche Abfahrt nach oben stapften.

»Zu Weihnachten ist er geboren, aber wie ist er gestorben?«, wiederholte Tim den Hinweis zum Rätsel.

»Der Schneefürst kann nur Jesus meinen«, stellte Hanna fest. »Und der ist am Kreuz gestorben. So wird es zumindest erzählt.«
»Ich erzähl euch auch was«, keuchte Klößchen. »Wenn wir nicht bald eine Pause machen, sterbe ich auch … und zwar an einem Herzinfarkt. Und das wäre äußerst schade, weil …«
»Weil?«, fragte Gaby lächelnd nach.
»Na, weil wir den Schatz noch nicht gefunden haben«, schnaufte Klößchen.
Der Humor ging Klößchen – anders als die Puste – wirklich selten aus. In einer Kurve, die einen herrlichen Blick über die verschneite Landschaft eröffnete, legten die fünf eine Pause ein. Eine halbe Stunde später erreichten sie die tief verschneite Marienkapelle. Drinnen war es ziemlich dunkel, nur ganz vorne brannten ein paar Kerzen. Die dicken Wände strahlten Kälte aus. Dem Rätselhinweis gehorchend drehten sich Tim, Karl, Gaby, Klößchen und Hanna im Kreis.
»So ist er gestorben«, sagte Gaby und zeigte auf die vierzehn Bilder, die den Kreuzweg Jesu darstellten. Sie waren durchnummeriert. Es begann bei »1: Die Verurteilung« und endete mit »14: Im Grab«.
»Ziemlich düster«, stellte Klößchen fest. »Dabei hatte doch alles so schön begonnen – zu Weihnachten im Stall mit Ochs und Esel, Hirten und Engeln, Glanz und Gloria und Halleluja. Tja!«
»Mach überall ein PLUS dazwischen«, lenkte Karl das Thema zurück zum Rätsel. Das konnte doch so schwer nicht sein!

Das sollte sogar richtig leicht sein!

Kennst du den Code?

ATTACKE VON OBEN

Tim ließ den Ausdruck des Tagebuchs in seiner Hand sinken. »Woher sollen wir wissen, wo der Schneefürst geboren wurde?«

»Das könnte Hanna wissen!«, sagte Gaby. Da hörten die vier auf einmal ein lautes Rumpeln. Es kam oben aus der Villa. War da jemand am Fenster des Dachbodens?

»Achtung!«, schrie Tim, als er entdeckte, dass hoch über ihnen eine alte Blechtonne aus dem Fenster wuchs. Schon fiel sie in die Tiefe, direkt auf TKKG zu. Gerade noch rechtzeitig retteten sie sich mit einem Sprung in den Schnee. Scheppernd schlug die Blechtonne neben ihnen auf. Wie durch ein Wunder blieben TKKG unverletzt. Oben am Fenster erschien der Mann mit den langen Haaren am Fenster.

»Sagen Sie mal, haben Sie eigentlich noch alle Latten am Zaun?«, brüllte Klößchen nach oben und tippte sich dabei mit dem Zeigefinger an die Stirn.

Aber schon verschwanden die langen Haare wieder vom Fenster.

»Also entweder der Kerl hat was gegen uns«, folgerte Tim und putzte sich den Schnee ab, »oder er ist einfach nur sehr unvorsichtig.« Noch während TKKG die Auffahrt nach unten gingen, krachte eine alte Kommode neben der Blechtonne in den Schnee.

Unten an der Straße sprach sie ein rundlicher, etwa 50-jähriger Mann vom Nachbargrundstück an und erkundigte sich nach der Ursache des Krachs.

»Die Schneevilla wird entrümpelt – von einem, der selber nicht mehr alle Kommoden auf dem Dachboden hat!«, empörte sich Klößchen.

Der Mann nickte. »Stimmt es denn, dass bei meiner neuen Nachbarin eingebrochen wurde?«

»Allerdings«, erwiderte Gaby knapp.

Der Mann ließ nicht locker und fragte, ob man dem Täter auf der Spur sei. »Spur ist das richtige Stichwort«, gab Klößchen zur Antwort. »Der Täter hat seine Schuhabdrücke im Schnee hinterlassen und deshalb …«

Tim mochte es gar nicht, wenn Klößchen zu freizügig mit Ermittlungsdetails war, und stieß seinem Freund sachte mit dem Ellbogen in die Seite.

»… und deshalb müssen wir jetzt los«, beendete Klößchen seinen Satz und ließ den Nachbarn mit einem erstaunten Gesichtsausdruck zurück.

Auf dem Weg durch die Stadt beschlossen TKKG, Hanna wie besprochen bei der Schatzsuche zu helfen. Aus den Ermittlungen zur gestohlenen Ming-Vase wollten sie sie aber raushalten, solange ihnen nicht klar war, welche Rolle Hanna dabei spielte.

Hanna wohnte mit ihrer Mutter in einer kleinen Mietwohnung im fünften Stock. Beim Treppensteigen machte Oskar sehr eigenartige Geräusche, und kaum wurden TKKG von Hannas

Mutter hereingebeten, rollte er sich im engen Flur zusammen und schloss die Augen. Gaby sah ihn besorgt an.

Während Klößchen in Hannas Zimmer die vermutlich leckersten Weihnachtsplätzchen des Jahres verschlang, erzählte Gaby von ihren Beobachtungen.

»Also war gestern Abend doch noch jemand in der Villa!«, rief Hanna überrascht. Dass Gaby ihrem Vater erzählen wollte, dass auch Hanna am Tatort gewesen war, gefiel ihr jedoch gar nicht.

»Wenn du dort nichts gestohlen hast, gibt es keinen Grund, das zu verheimlichen!«, merkte Tim an.

Hanna nickte zögerlich. »Es ist nur so, dass meine Mutter es überhaupt nicht toll findet, dass ich neuerdings einen Schatz suche«, erklärte sie. »Ich werde es der Polizei selber beichten, zum richtigen Zeitpunkt, versprochen!«

Damit war Gaby zufrieden.

Dann überreichte Tim Hanna das Messingplättchen, das hinten in der Schublade geklemmt hatte, und erzählte von dem Rätsel, dem neuen Hinweis und auch von diesem gemeingefährlichen Joe, der den Abbruch der Villa vorbereitete.

Hanna war außer sich. Aber nicht, weil TKKG beinahe von einer herabfallenden Blechtonne getroffen worden waren, sondern weil die neue Eigentümerin die Villa abreißen lassen würde.

»Joe hat ein paar Jahre für uns gearbeitet. Er hat sich um alles gekümmert – vom Garten bis zu kaputten Fenstern. Und jetzt reißt er also ab, was er jahrelang gepflegt hat! Der macht einfach alles für Geld!«, stieß Hanna empört aus.

»Wenn die gestohlene Vase nicht wieder auftaucht oder die Versicherung nicht einspringt, sieht es nicht gut aus mit dem Abriss«, gab Gaby zu bedenken. Das beruhigte Hanna sichtlich.

»Joe hat bei dieser Architektin angeheuert!«, rief Hanna, als ihre Mutter Plätzchennachschub brachte. »Sie will unsere Familienvilla gar nicht vor dem Verfall retten, sie will sie abreißen!«

Hannas Mutter versuchte, sie zu besänftigen. »Das geht uns nichts an, Hanna. Wir haben andere Sorgen, hörst du? Wir müssen schauen, wie wir durchkommen!«

Hanna verschränkte wütend ihre Arme vor der Brust. Jetzt hakte Karl ein, ganz vorsichtig: »Entschuldigen Sie, wenn ich Sie etwas zu Privates frage, aber … müssten Sie nach dem Verkauf der Villa in Toplage nicht steinreich sein?«

Hannas Mutter seufzte und erklärte, dass die Villa durch Bankhypotheken schwer belastet sei. Sie konnte froh sein, dass sie 100.000 Euro dafür bekommen hatte. Und die waren für die Ausbildung von Hanna reserviert: Die Privatschule sei teuer und danach wollte Hanna ja vielleicht auch noch studieren.

Karl nickte und eine kleine Pause entstand.

»Wo ist denn mein Urgroßvater geboren?«, brach Hanna die Stille.

Ihre Mutter zog die Augenbrauen zusammen. »Es gibt keinen Schatz, Hanna«, sagte sie so einfühlsam wie möglich. »Unser

Schatz sind die 100.000 Euro, die deine Ausbildung sichern. Es wäre besser, du konzentrierst dich aufs Lernen statt auf eine sinnlose Rätselrallye, die sich dein – tut mir leid, wenn ich das so sagen muss – verrückter Urgroßvater ausgedacht hat.«

Hanna seufzte. Wieder entstand eine Pause. »Kannst du mir nicht trotzdem sagen, wo er geboren wurde … mein verrückter Urgroßvater?«, fragte Hanna und schob ein leises »Bitte« nach.

Hannas Mutter lächelte, ging hinüber zu Hannas Schreibtisch und malte etwas auf ein Blatt Papier.

»Was soll das sein?«, fragte Hanna neugierig.

»Ich weiß nicht, wo dein Urgroßvater geboren wurde. Aber angeblich hat er oft dieses Zeichen aufgemalt und behauptet, dass er dort geboren wurde.«

»Ein Rätsel!«, stieß Hanna freudig aus. »Gibt es weitere Hinweise dazu?«

»›So viele wie möglich. Und immer absteigend!‹, soll er dazu immer gesagt haben. Keiner hat je verstanden, warum«, ergänzte Hannas Mutter schulterzuckend.

Wo wurde der Schneefürst geboren?

EIN WINZIGES BEWEISSTÜCK

»Da bin ich ja froh, dass ich nicht der Einzige bin, der Probleme hat, sich Zahlencodes zu merken!«, sagte Klößchen »Fragt sich nur, ob Joe den Code anhand des Graffitis eingestellt hat oder ob er ein Spraykünstler ist!«

»Unerheblich«, meinte Tim.

Die fünf betraten den Baucontainer und sahen sich um: Werkzeuge aller Art, ein Bauarbeiterhelm, ein dicker roter Wollpulli, ein paar entrümpelte Gegenstände aus der Schneevilla, die Joe offensichtlich verkaufen wollte.

»Schaut mal!«, rief Hanna. »Hier liegen Notizen meines Urgroßvaters!«

»Es ist nicht unwahrscheinlich, dass Joe hinter dem Schatz her ist«, stellte Tim fest. »Immerhin kennt er die Schneevilla sehr gut.«

In diesem Moment hörten sie, wie ein Auto die Auffahrt hochfuhr. Karl machte schnell noch ein paar Fotos, dann verließen sie den Container und verschlossen ihn wieder.

Frau Fitz begrüßte sie und entschuldigte sich für die Verspätung. Hanna bedankte sich gespielt freundlich dafür, dass sie noch mal in die Bibliothek ihres Urgroßvaters durfte. Frau Fitz stemmte ihre Hände in die Hüften und legte den Kopf schief. »Mir ist zu Ohren gekommen, dass du einem mysteriösen

Goldschatz nachjagst«, sagte sie und verengte ihre Augen zu Schlitzen. »Du weißt aber schon, dass ich die Villa mit allem, was sich darin befindet, gekauft habe, oder?«
»Selbstverständlich«, erwiderte Hanna. »Ich will nur ein oder zwei Bücher mitnehmen, versprochen!«
»Glauben Sie denn an den Schatz?«, fragte Tim.
Frau Fitz schüttelte energisch den Kopf und lachte. »Nein!« Dann schloss sie die Tür auf. »Wo die Bibliothek ist, wisst ihr ja. Lasst euch ruhig Zeit!«
»Frau Fitz ist heute außergewöhnlich freundlich«, flüsterte Hanna den anderen zu, als sie die Bibliothek betraten.

TKKG und Hanna schritten auf die riesigen Bücherwände zu, als es unter Klößchens Schuh plötzlich knirschte. Er hob den Fuß zur Seite und bückte sich: Eine winzig kleine Scherbe lag auf dem alten Dielenboden. »Denkt ihr, was ich denke?«, fragte er. Tim, Karl, Gaby und Hanna sammelten sich um das Fundstück.

»Also, ich denke an die Ming-Vase«, sagte Gaby.
»Sieht aus wie Porzellan«, stellte Karl fest.
Für einen Moment war es still, Tim war der Erste, der wieder Worte fand. »Sollte die Ming-Vase beim Diebstahl zu Bruch gegangen sein, wäre sie komplett wertlos!«
Alle zuckten zusammen, als plötzlich Frau Fitz in der Tür stand. Sie kam auf sie zu, bückte sich nach der Scherbe und hob sie auf. Dann lachte sie. »Blödsinn! Das ist eine Scherbe

von meiner Lieblingskaffeetasse. Die hab ich vor ein paar Tagen hier fallen lassen. Leider, leider, ich mochte sie wirklich gerne!« Dann schlenderte sie durchs Zimmer und ließ den Blick schweifen. »Tja, so viele Bücher, die keiner liest. Aber den Schreibtisch, den werde ich behalten!« Mit der flachen Hand klopfte sie zweimal auf die Tischplatte, dann verließ sie die Bibliothek und betonte noch einmal, dass sie sich ruhig Zeit lassen sollten.

Diese Zeit brauchten die fünf auch. Da sie nicht wussten, was sie mit dem Hinweis »Hohle Töpfe haben den lautesten Klang« anfangen sollten, zogen sie wahllos Bücher aus dem Regal und durchsuchten sie. Oskar hatte sich in einer Ecke zusammengerollt und war eingeschlafen. Seine Schlappohren bedeckten sein Gesicht. Es dauerte etwa eine halbe Stunde, bis bei Karl plötzlich der Groschen fiel. Und zwar direkt vor den Büchern des berühmten Dramatikers William Shakespeare.

»Na klar!«, rief er aus. »Hohle Töpfe haben den lautesten Klang! Das ist ein Zitat aus einem Theaterstück von William Shakespeare!« Dann zog er ein dünnes Büchlein aus dem Regal: »Heinrich V.« Mit dem Knöchel seines Zeigefingers klopfte er darauf. »Das Buch ist hohl!«

»Na, komm schon, klapp es auf!«, drängte Klößchen ungeduldig.

In der kleinen Schachtel lagen ein Blatt Papier und ein weiteres kleines Messingplättchen.

William Shakespeare war ein Genie, seine Werke haben die Zeit überdauert. Noch 300 Jahre nach seinem Tod weiß fast jeder, zu welchem seiner Theaterstücke der Totenschädel gehört – es beginnt mit »H«. Legendär ist auch sein messerscharfer Geist: »Um sein Ziel zu erreichen, zitiert selbst der Teufel aus der Bibel.« Andere Zitate sind längst in unseren Sprachgebrauch übergegangen, wie etwa: »Gut gebrüllt, Löwe!« Ja, Shakespeare war ein Genie. Ich lese seine Werke wieder und wieder, ich klebe an seinen Lippen und du ... solltest es auch!

Wird schon klappen! Dann Punkt vor Strich!

41

+ 3

+ 2

× 4

− 7

× 5

− 36

+ 120

÷ 2

+ 18

÷ 6

× 9

+ 371

− 1

× 4

+ 33

TIEF UNTER DER MILLIONENSTADT

Als Tim enttäuscht und komplett durchgefroren beim Abendessen im Internat auftauchte, sagte Klößchen lässig: »Und da sage noch mal jemand, Schokolade mache nicht schlau!« Er entfaltete den Stadtplan und zeigte Tim das Ergebnis seines Bleistiftspaziergangs.

Tim klopfte seinem Freund auf die Schulter. »Und da sag du noch mal, dass du keine Rätsel magst!«

Den Code 629 hatte Klößchen schon im Tagebuch auf seinem Handy nachgeschlagen. Was dort zu lesen war, gefiel ihm gar nicht, denn es klang ganz so, als ließe sich die nächste Aufgabe nicht vom Bett aus erledigen. Gemeinsam studierten sie den Stadtplan. Tim wusste, dass der Kanal hinterm Bahnhof durch eine riesige Öffnung in die Kanalisation führte. Klößchen, der sein Abendessen noch nicht beendet hatte, verzog sein Gesicht. »Du meinst, dort, wo …«

»Jepp«, sagte Tim grinsend. »Dort, wo alles landet, nachdem du es gegessen und verdaut hast. Kleiner Nachschlag gefällig?«

Tim, Karl, Gaby, Klößchen und Hanna hatten entschieden, sich erst spät zu treffen, um beim Einstieg in die Kanalisation unentdeckt zu bleiben. Als Tim und Klößchen kurz vor

23 Uhr dort eintrafen, waren Karl und Hanna schon da – ausgerüstet mit Taschenlampen und Gummistiefeln. Klößchen hatte sich sicherheitshalber eine Wäscheklammer organisiert, mit der er sich jetzt die Nase zuklemmte. »Wo bleibt Gaby?«, fragte er mit näselnder Stimme.

Hanna nutzte die Wartezeit und erzählte von ihrer Aussage auf dem Präsidium. Kommissar Glockner schien ihr zu glauben. Was Hanna aber bedrückte, war die Enttäuschung, die sie Kommissar Glockner angesehen hatte. Hoffentlich war er nicht allzu sauer auf seine Tochter und deren Freunde.

Wie aufs Stichwort tauchte Gaby auf. »Sehr erfreut war Papi nicht, aber ihr kennt mich ja … ich konnte ihn besänftigen.«

»Warum kommst du erst jetzt, Gaby?«, fragte Tim. »Hattest du Probleme, zu Hause unbemerkt abzuhauen?«

Gaby schüttelte den Kopf. »Ich hatte das Gefühl, verfolgt zu werden«, erklärte sie. »Deswegen bin ich ein paar Extraschleifen gegangen, um den Verfolger abzuschütteln – wenn da überhaupt einer war. Vermutlich habe ich mich geirrt.«

Tim, Karl, Gaby, Klößchen und Hanna schauten sich um. Niemand war zu sehen. Sie kletterten hinunter in den Kanal. Im breiten Kanalbett floss nur ein Rinnsal, neben dem die fünf verräterische Fußspuren hinterließen. Der Weg hinein in die große Öffnung führte nach Osten – so wie es der Schneefürst beschrieben hatte: ostwärts, südwärts, ostwärts. Im Inneren war es stockfinster, ohne Taschenlampen wären sie verloren gewesen. Ihre Schritte hallten. Links zweigte bald ein

Regenwasserüberlaufrohr ab, dann eines rechts. Karl zückte seinen Kompass. »Wenn wir hier rechts abbiegen, gehen wir Richtung Süden, das muss es sein!«

Sie kletterten in das Rohr, das groß genug war, um darin stehen zu können. Nach den ersten Schritten im knöchelhohen Wasser stoben vor ihnen Ratten auseinander und suchten quiekend das Weite. Es stank ganz furchtbar und je weiter sie vordrangen, desto unheimlicher wurde es ihnen. Die nächste Abzweigung nahmen sie links, jetzt gingen sie wieder Richtung Osten. Weiter, immer weiter!

»Stopp!«, flüsterte Tim plötzlich. »Habt ihr das gehört?« Stille. Alle lauschten. Vermutlich nur Ratten. Irgendwo tropfte etwas. Sie gingen weiter, aber Tim wurde das Gefühl nicht los, dass ihnen jemand folgte. Jetzt merkte es auch Gaby. »Jemand ist hinter uns her!«

Sie liefen schneller, bis das Rohr endlich an einer eisernen Tür endete. Links und rechts zweigten Gänge ab, aber die gesuchte Kammer musste hinter der Tür liegen. Leider war sie mit einem Vorhängeschloss versperrt.

»Wahrscheinlich war das Schloss vor hundert Jahren noch nicht dran!«, flüsterte Karl und kramte sein Dietrichset aus dem Rucksack. »Mach schnell, Karl!«, flüsterte Gaby. »Da kommt jemand!«

»Taschenlampen aus!«, befahl Tim. Mit steifen Fingern machte sich Karl blind am Vorhängeschloss zu schaffen. Er musste sich auf sein Gefühl und sein Gehör verlassen – genau dafür übte er schließlich regelmäßig! Aber sosehr er sich auch bemühte, er schaffte es nicht.

»Los, Karl!«, zischte Klößchen, als die Schritte des Verfolgers plötzlich stoppten. In diesem Augenblick klickte das Schloss und Karl öffnete die Eisentür. Die fünf stürzten hinein, schlossen die Tür und schoben einen Riegel vor. Geschafft!

Mit wild pochenden Herzen standen sie mucksmäuschenstill und lauschten. Draußen näherten sich Schritte. Jemand versuchte, die Tür zu öffnen. TKKG und Hanna hielten die Luft an. Schließlich entfernten sich die Schritte und alle atmeten auf.

»Scheiße, Mann!«, stöhnte Klößchen.

»Wenn man in der Kanalisation unterwegs ist, darf man wohl ausnahmsweise mal von Scheiße sprechen«, sagte Tim und knipste seine Taschenlampe an.

Wo waren sie eigentlich gelandet? Die kleine Kammer war voll mit Pumpen, Rohrleitungen und ein paar technischen Geräten, die vor hundert Jahren gewiss noch nicht hier gewesen waren. Hanna leuchtete auf den Boden, der mit quadratischen Steinplatten ausgelegt war.

»Wir brauchen die zentrale Platte!«, rief sie.

Karl bestimmte die Mitte des Raums und zeigte auf die entsprechende Platte. »Das ist sie! Aber wie kriegen wir sie raus?« Tim zückte sein Taschenmesser und kratzte die Fugen der Platte frei. Trotzdem schaffte er es nicht, die Platte hochzuheben.

»Wir brauchen einen Hebel!«, bemerkte Gaby und sah sich um.

»Hier!«, rief sie und zeigte auf einen Hebel an der technischen Anlage.
Tim schraubte ihn von dem Rohr ab, an dem er befestigt war. Kaum hatte er den Hebel in der Hand, knackte es und keine zwei Sekunden später schoss eiskaltes Wasser aus der Rohrleitung.
»Tim, du hast irgendwas kaputt gemacht!«, schrie Klößchen und sprang zur Seite. Das Wasser breitete sich in der Kammer aus. Und zwar ziemlich schnell.
Tim hebelte die Steinplatte hoch. Im Schein der Taschenlampe sah er, dass darunter ein weiteres Messingplättchen lag, aber sonst nichts. Was nun?
»Da!«, rief Karl. »Auf der Unterseite der Steinplatte ist etwas eingraviert!«

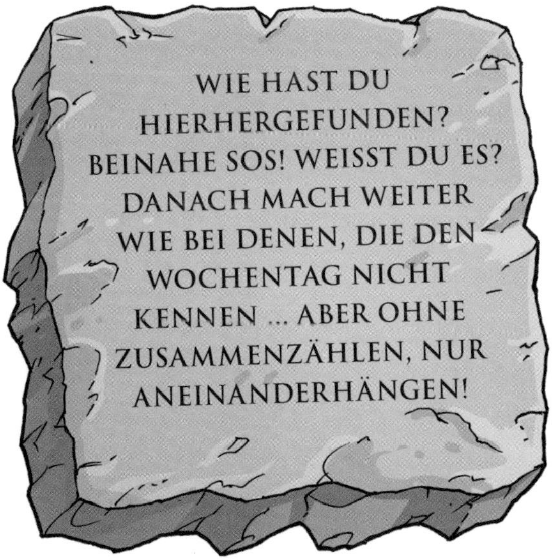

DER AUFDRINGLICHE HERR KIESLING

Tamina Salah markierte den fraglichen Schuhabdruck 14-731. »Kleiner Erwachsener oder großer Jugendlicher«, murmelte sie und sah dann in die Runde: »Und jetzt erzählt mir haarklein, was gestern Abend passiert ist. Aber verheimlicht mir nichts, ich merke so was!«

Eine Stunde später verließen TKKG wieder das Präsidium. Tims Gedanken waren bei der gestohlenen Ming-Vase. Er grübelte laut: »Hanna ist groß. Und sie hat gestern eine rote Mütze getragen.«

»Klößchen hatte seine Weihnachtsmann-Mütze auf. Die Fasern am Fenster könnten auch von ihm sein«, sagte Karl. »Oder von dir. Dein Pullover ist auch rot, Tim!«

Gaby beschäftigte im Moment etwas anderes. »Ich hoffe, Hanna löst ihr Versprechen bald ein. Lange will ich sie nicht mehr decken.«

Als TKKG die Villa der Sauerlichs erreichten, war zu ihrer Überraschung jener kleine, dicke Mann zu Besuch, der sie am Morgen über den Zaun hinweg angesprochen hatte: Jochen Kiesling, der Nachbar der Schneevilla. Er stand in karierten Socken im Teesalon, um seinen Hals lag ein feiner roter Schal. Klößchens Mutter, eine große blonde Frau mit dünnen Lippen und spitzer Nase, erklärte TKKG, sie hätte Herrn Kiesling letzte Woche kennengelernt, als er Unterschriften für eine Petition sammelte.

»Der Schneefürstenhügel soll zur lärmenden Großbaustelle werden, dieser Wahnsinn muss gestoppt werden!«, erklärte er aufgebracht.

»Sehr interessant«, sagte Klößchen überdeutlich und nickte. »Es kann aber sein, dass sich das Bauprojekt ohnehin verzögert. Es gibt nämlich … Finanzierungsprobleme.«

Herr Kiesling hob die Augenbrauen. »Hängt das mit dem Diebstahl zusammen, über den wir heute Morgen gesprochen haben?«

»Die Ermittlungen laufen, wir dürfen nichts sagen«, meinte Tim geheimnistuerisch.

Herr Kiesling nickte, bedankte sich bei Erna Sauerlich für ihre Hilfe und ging an TKKG vorbei Richtung Ausgang.

»Wofür bedankt er sich?«, flüsterte Klößchen seiner Mutter zu.

Erna Sauerlich dachte nicht daran, leise zu reden: »Herr Kiesling will für seinen Enkel ein gemütliches Zimmer in seinem Haus einrichten. Und da ich ihm letzte Woche von deinem neuen, extra-gemütlichen Zimmer erzählt habe, hat er mich gefragt, ob er sich mal kurz bei dir umsehen darf. Um eine Vorstellung davon zu kriegen, wie sich junge Menschen heute wohlfühlen!«

Klößchen machte große Augen, aber er kam gar nicht zu Wort.

»Sie können gerne jederzeit wiederkommen, wenn ich Ihnen

noch irgendwie helfen kann, Herr Kiesling. Habe ich Ihnen übrigens erzählt, dass die gestohlene Vase ein paar Millionen Euro wert sein soll?«

Kiesling fuhr herum. »Nein, das wusste ich noch nicht«, antwortete er und strich sich über sein fleischiges Kinn.

»Tja, Neuigkeiten verbreiten sich im Villenviertel schneller als die Windpocken im Kindergarten!«, gluckste Frau Sauerlich. Dann wurde sie wieder ernst: »Es war eine echte Ming-Vase!«

»Ja, die sind teuer«, murmelte Herr Kiesling und suchte seine Schuhe im Vorzimmer.

Da fiel Gaby etwas Verdächtiges auf.

Was kommt Gaby hier verdächtig vor?

2412
TH
317
14
8007
728
1218

DIE FINSTERE GRUFT

Karl schob die vier Eisenriegel in die Positionen 2, 9, 8 und 1. Mit aller Kraft gelang es den fünfen, die schwere Steinplatte an den Eisenringen anzuheben und zur Seite zu schieben. Eine steile Steintreppe führte weiter hinunter in die Finsternis.

Mit einem mulmigen Gefühl stiegen sie nach unten. Der Raum war leer. Nur in der Mitte wuchs ein steinerner Klotz direkt aus dem Boden.

Vorne am Klotz waren Striche, Ziffern und Schlitze in den Stein geritzt, dazu eigenartige Angaben wie »Dritte Ziffer des Shakespearerätsel-Codes«.

»Das finale Rätsel!«, hauchte Hanna und leuchtete auf die kleine Eisenkiste mit Glasdeckel, die oben auf dem Steinklotz stand. Hanna hob den Deckel an und entnahm der Kiste einen Brief. Mit zitternder Stimme las sie vor: »Du bist dem Schatz so nah wie niemand zuvor. Löse der Reihe nach die drei Rätsel in diesem Brief! Im Anhang der Zahlen findest du sodann die Anleitung zur letzten Aufgabe! Wohlan!«

»Wir haben es so gut wie geschafft«, flüsterte Hanna. »Bereit für die letzten Rätsel?«

Tim, Karl, Gaby und Klößchen nickten. Also los! Das erste Rätsel bestand aus einem quadratischen Stück Papier mit kleinen Symbolen drauf …

Erst Ding auf Ding, dann alles auf!

Wie viele Dreiecke sind jetzt drauf?

WO IST OSKAR?

»Bald ist es Zeit fürs Finale? Wow!«, rief Klößchen. »Sind wir schon so nah dran am Schatz?«
»Sieht ganz so aus«, antwortete Hanna aufgeregt. »Endlich weiß ich, wofür die aufgemalten Uhren in der Eingangshalle gut sein sollen!«
»Das Rätsel befindet sich also in der Eingangshalle der Schneevilla«, sagte Karl und polierte seine Brille.
»Das ist schlecht«, stellte Klößchen fest. »Frau Fitz dürfte nicht mehr allzu gut auf Hanna zu sprechen sein.«
»Ich kann auf jeden Fall nicht dabei sein, ich werde jetzt Oskar abholen, endlich!«, sagte Gaby und schob ihren Pony zur Seite. Auch Tim, Karl und Klößchen freuten sich schon auf das Wiedersehen mit dem inoffiziellen Mitglied der TKKG-Bande, aber erst mal gab es für alle eine rasante Abfahrt vom Marienberg.
»Wer als Erster unten ist!«, rief Tim und alle schwangen sich auf ihre Schlitten.

Eine Stunde später versteckten sich Tim, Karl, Klößchen und Hanna hinter einem parkenden Auto und beobachteten, wie Frau Fritz den Hügel vor der Schneevilla herunterspazierte. Was hatte sie vor? Karl zog sein Fernglas aus dem Rucksack. Hanna

musste lachen, woraufhin Karl flüsterte: »Ich hab auch ’nen Fallschirm da drin, einen Vorschlaghammer und ’ne Mikrowelle!« Gemeinsam beobachteten sie, wie Frau Fitz einen Umschlag aus dem Briefkasten zog. Karl konnte mit dem Fernglas sogar lesen, wer der Absender war. »Ein Brief von der Nebelstein-Versicherung«, flüsterte er. Dann warf Frau Fitz einen schnellen Blick in die Mülltonne, die am Straßenrand stand, und zog diese anschließend in kleinen Trippelschritten hoch zur Villa. Joe kam angelaufen und kümmerte sich um die Tonne.
»Habt ihr gesehen?«, sagte Tim nachdenklich. »Frau Fitz hat einen Blick in die Mülltonne geworfen. Warum nur?«
»Um zu schauen, ob sie wirklich leer ist. Das machen viele Leute automatisch, bevor sie die Tonne wieder von der Straße ziehen«, antwortete Karl.
»Ja, vielleicht«, sagte Tim und strich sich über die Stirn. »Aber es bringt mich ins Grübeln. Was ist, wenn nicht der Dieb die Vase kaputt gemacht hat, sondern Frau Fitz?«
Karl nickte. »Aber dafür gibt es schließlich Versicherungen!«
»Schon.« Tim zuckte die Schultern. »Bloß … wenn die Minischerbe gestern tatsächlich von der Vase stammte und Frau Fitz eine Versicherung gegen Bruchschäden hätte, wäre die Sache ja längst geritzt!«
Klößchen nickte verständig. »Wenn Frau Fitz jedoch keine Versicherung gegen Bruchschäden hat, schaut sie in die Röhre und muss einen Diebstahl erfinden, um die Millionen von der Versicherung zu kriegen! Das würde auch erklären, warum

sie die Minischerbe gestern so schnell verschwinden ließ: Nur wenn die Diebstahlgeschichte nicht in Zweifel gezogen wird, zahlt die Versicherung!«

In diesem Moment stieß Gaby dazu. Die anderen merkten sofort, dass etwas nicht stimmte. Gaby wirkte völlig aufgelöst.

»Oskar ist weg!«, schluchzte sie. »Der Tierarzt meinte, mein Onkel Bert habe ihn abgeholt, aber … ich habe gar keinen Onkel Bert!«

»Nein!«, riefen Tim, Karl und Klößchen ungläubig. Tim versuchte, Gaby zu beruhigen, sie zitterte richtig. Gleichzeitig lief sein Gehirn auf Hochtouren: Sollten TKKG nun erpresst werden? Immerhin waren sie drauf und dran, den ganzen Fall aufzuklären!

»Es gibt nur einen Weg, um Oskar wiederzufinden«, versicherte Tim Gaby und drückte ihre Hände, »indem wir den Fall lösen! Okay?«

Gabys Telefon klingelte, es war ihr Vater. Gaby stellte das Handy laut, sodass die anderen mithören konnten. Leider gab es noch keine Neuigkeiten von Oskar, aber er hatte die Beschreibung von diesem »Onkel Bert« von der Sprechstundenhilfe aufgenommen. Da der Mann Mütze, Schal und einen langen Mantel getragen hatte, ergab sich leider kein sehr aussagekräftiges Fahndungsbild. Auf jeden Fall war er eher klein und drahtig, seine Augen hell und unruhig. Die Sprechstundenhilfe sei untröstlich, aber der Unbekannte hätte nebenbei viele Details von Gaby und auch von Schwager Emil von der

Kripo ins Gespräch einfließen lassen – sie hatte keine Sekunde daran gezweifelt, dass dieser Mann Gabys Onkel war.

Gaby schluchzte.

Ihr Vater versuchte, sie zu trösten. »Hundeentführungen sind nicht selten und es muss nicht unbedingt einen Zusammenhang mit dem vorliegenden Fall geben«, sagte er.

Gaby wischte sich die Tränen mit dem Ärmel der Winterjacke ab und beschloss, stark zu sein. »Was ist mit Joe?«, wollte sie von ihrem Vater wissen.

»Die Überprüfung von Herrn Seifert hat ergeben, dass er vorbestraft ist. Er hat vor zehn Jahren als Vertreter gearbeitet, er hat Staubsauger und Bürsten an der Haustür verkauft. Und dabei hat er einige Rentner übers Ohr gehauen. Er wurde wegen Betrugs verurteilt.«

»Herr Glockner?«, mischte sich Tim ein. »Könnten Sie vielleicht die Versicherungspolice von Frau Fitz überprüfen? Also, die von der Ming-Vase?«

Kommissar Glockner kannte Tim mittlerweile gut genug und konnte sich denken, worauf er hinauswollte. »Kann ich«, sagte er. »Aber nicht, ohne dass Frau Fitz davon erfährt. Immerhin muss ich sie ja erst mal nach dem Namen der Versicherung fragen.«

»Das müsste die Nebelstein-Versicherung sein«, warf jetzt Karl ein.

»Ihr seid ja mal wieder bestens informiert«, gab Kommissar Glockner beeindruckt zu, bevor er noch ein paar tröstende

Worte an seine Tochter richtete: »Kopf hoch, Gaby, wir werden Oskar wiederfinden. Ganz sicher. Ich werde mich persönlich darum kümmern.«

»Okay, danke, Papi!«, sagte Gaby und beendete das Telefonat. Tim legte ihr den Arm um die Schultern, das tat ihr gut.

»Herr Seifert … Herr Seifert«, murmelte Karl vor sich hin. Hanna erklärte ihm, dass Kommissar Glockner damit Joe gemeint hatte, der mit vollem Namen Josef Seifert hieße.

»Schon klar«, sagte Karl. »Es ist nur … irgendwo hab ich den Namen Seifert vor Kurzem gelesen! Aber wo?«

Wo hat Karl den Namen Seifert vor Kurzem gelesen?

Die Seitenzahl ist der Code!

AUF DEM POLIZEIPRÄSIDIUM

»Die Null hab ich gefunden, nur um das festzuhalten«, bemerkte Klößchen stolz.
»Alles klar«, sagte Gaby und konnte sich ein freundliches Lachen nicht verkneifen. »Aber wo soll diese Jesuiten-Entbindungsklinik sein?«
Da konnte Karl aushelfen: »Das ist heute eine Seniorenresidenz mit großem Park!«
TKKG und Hanna verabredeten sich für den Nachmittag dort. Jetzt mussten TKKG erst mal aufs Präsidium und danach stand Mittagessen bei den Sauerlichs auf dem Programm.
Auf dem Weg sprach Tim aus, was auch den anderen im Kopf herumspukte: »Spielt Hanna mit offenen Karten oder spielt sie uns was vor?«
»Wenn Hanna von der Ming-Vase wusste und auch, dass sie den Neubau finanzieren sollte, hätte sie ein Motiv für den Diebstahl«, grübelte Tim. »Na klar!«, ergänzte Klößchen. »Weil sie an der Schneevilla hängt! Oder weil sie befürchtet, dass mit der Villa auch die Hinweise auf den Schatz für immer vernichtet werden!«
Keine schönen Gedanken. Die vier waren sich einig, dass sie Hanna fürs Erste Glauben schenken wollten.
Auf dem Polizeipräsidium wurden sie von Kriminalassistentin

Tamina Salah empfangen. Da Gabys Vater noch unterwegs war, sollte Frau Salah schon mal die Zeugenaussagen der vier in seinem Büro aufnehmen. TKKG nahmen Platz und Klößchen starrte auf einen kleinen Teller, auf dem eindeutig Weihnachtsplätzchen gelegen hatten.

»Die hat alle Kommissar Schalavsky aufgefuttert«, sagte Frau Salah beiläufig. Klößchen beschlich das unheimliche Gefühl, dass sie seine Gedanken lesen konnte.

Um seinen Verdacht zu überprüfen, zog er eine Schokoladentafel aus seiner dicken Winterjacke, verdeckte aber die Vorderseite. »Welche Sorte?«, fragte er Frau Salah.

»Vollmilch«, war ihre knappe Antwort und Klößchen erblasste.

»Das ist mit Abstand die beliebteste Schokoladensorte hierzulande. Die Chance, richtigzuliegen, war also groß«, fügte sie lächelnd an.

Dann klappte sie einen Laptop auf und notierte mit zwei Zeigefingern tippend, was TKKG zu erzählen hatten.

»Das Fenster war zerbrochen, der Täter hatte also keinen Schlüssel«, führte Tim aus.

»Nicht unbedingt. Der Täter könnte auch einen Schlüssel gehabt und das Fenster nur eingeschlagen haben, um eine falsche Fährte zu legen«, gab Frau Salah zu bedenken. Tim nickte und dachte natürlich an Hanna. »An wen denkst du gerade?«, fragte die angehende Kommissarin misstrauisch.

»An … diesen Joe. Der hat wohl einen Schlüssel«, antwortete Tim und beobachtete Frau Salahs Reaktion. Tim war sich fast

sicher, dass sie spürte, dass TKKG ihr etwas verschwiegen.
»Gab es denn verwertbare Spuren im Haus?«, fragte er.
»Also, eigentlich stelle ich hier die Fragen, aber ja, an den Resten der Fensterscheibe wurden rote Textilfasern gefunden. Die Auswertung läuft. Außerdem wurden unter dem kaputten Fenster Abdrücke von fünf verschiedenen Schuhen im Schnee gesichert. Vier davon sind wohl von euch«, sagte sie und schlug eine Mappe auf. »Das sind Abbildungen der rechten Schuhabdrücke. Tragt ihr gerade die gleichen Schuhe wie gestern Nacht?«
TKKG nickten, zogen jeweils ihren rechten Schuh aus und betrachteten die Sohlen.

Finde heraus, welcher Schuhabdruck nicht zu TKKG gehört!

11-771

15-914

14-731

12-808

13-001

ANHANG DER ZAHLEN

12: Da hast du wohl die großen Dreiecke in den Ecken vergessen!

14: Ein blauer Schal. Sehr unverdächtig.

16: Notiere: »Nimm die …« Lies weiter auf Seite 17!

24: Notiere weiter: »… und schiebe sie richtig in die Schlitze der Steintruhe! Von breit nach schmal bis die Lösung erscheint!« Lies weiter auf Seite 14!

28: Das klingt nicht gut.

32: Nein, da fehlt noch was.

33: Guter Anfang! Es geht weiter bei meinem Schreibtisch … Lies weiter auf Seite 18!

34: Zu viel ist zu viel.

38: Ich wurde gar nicht geboren.

38X: Hackbraten: Andermal!

38Y: Fischstäbchen mit Kartoffelpüree und Erbsen: Wäre auch nicht schlecht!

38Z: Salamipizza: Nicht heute!

39X: Sauerbraten mit Klößen: Lies weiter auf Seite 35!

39Y: Lasagne: Gab's letzte Woche!

39Z: Spaghetti bolognese: ein Klassiker, aber nicht heute!

49: Nein, nicht zusammenzählen! Nur aneinanderhängen!

49X: Buletten mit Salzkartoffeln: Amalie Dessart hatte aber eine andere Idee für heute.

49Y: Einfach nur ganz viel Sauerlich-Schokolade: Das wäre natürlich optimal.

49Z: Wiener Würstchen mit süßem Senf: Leider nein.

53: Nein, nicht SOS, sondern genau anders! Und auch nicht zusammenzählen!

57: Ganz genau! Lies weiter auf Seite 73!

66: Freitag ist ein schöner Tag, aber die Geschichte spielte an einem anderen.

70: Montag? Das ist nicht richtig, geh das noch mal durch! Oder hast du dich verrechnet?

79: Du hast dich geirrt, nur eine Aussage darf richtig sein. Oder hast du dich verrechnet?

80: So ist es, die Geschichte trug sich an einem Samstag zu! Und nun musst du in meinem Tagebuch den 2.12.1928 nachschlagen … für den Durchblick! Lies weiter auf Seite 76!

83: Das ist zu wenig, da steckt noch mehr drinnen!

90: Sonntag war's nicht. Hast du bei »Samstag« etwas übersehen?

105: Gut gemacht! Bald ist es Zeit fürs Finale! Aber … wie spät ist es denn auf der vierten Uhr? Nur wenn du ein Vertrauter bist, wirst du wissen, was ich meine! Lies weiter auf Seite 123!

111: War das etwa geraten? Nein? Dann beachte, dass Mittwoch gewiss nicht Sonntag ist!

ANHANG DER ZAHLEN

117: Wir kommen der Sache näher, aber du musst da etwas übersehen haben!

122: Nein, das kann nicht stimmen.

188: Schon wieder richtig gerechnet! Aber jetzt genug von den Zahlen, öffne jetzt die Dose, Zeit für einen Spaziergang! Lies weiter auf Seite 55!

248: Kann es sein, dass du an Legasthenie leidest? Das ist nicht schlimm, aber überprüfe lieber noch mal die Übersetzung von Buchstaben in Ziffern!

284: Du hast den Durchblick! Wende dich nun meiner geliebten Bibliothek zu: Hohle Töpfe haben den lautesten Klang! Lies weiter auf Seite 22!

317: Ein grüner Mantel ist nichts Außergewöhnliches.

375: Du bist am Ziel! Hast du nicht das »Klick!« gehört? Lies weiter auf Seite 42!

588,5: Also wirklich! Hast du wieder nicht die grundlegendste Rechenregel befolgt?

629: Na bitte, geht doch! Ganz ohne gehen. Aber jetzt musst du dich wirklich bewegen, es geht noch tiefer runter! Das große Rohr am Kanal hinter dem Bahnhof! Ostwärts, südwärts, ostwärts bis zur Kammer! Dort die zentrale Platte. Lies weiter auf Seite 111!

728: Du glaubst ja hoffentlich nicht, dass die Sauerlichs die Ming-Vase gestohlen haben und als Schirmständer benutzen!

1130: So ist es! Es ist jetzt Zeit … für das Finale. Es geht noch tiefer hinunter als je zuvor … und es geht ans Ende, ans Ende meines Lebens. Wir werden alle wieder zu Moos! Lies weiter auf Seite 89!

1140: Nicht ganz, probier's noch mal!

1218: Ja, es ist schon sehr ungewöhnlich, wenn man bei winterlichen Verhältnissen Sommerschuhe trägt. Lies weiter auf Seite 94!

1244: Zurück! Sie springt zurück, nicht von vorne!

1564: Shakespeare hat die Höhen durchmessen, wie auch die Tiefen. Und dort sollst du hingehen … in die tiefste Tiefe dieses Hauses! Aber vergiss über all der Literatur nicht den Begründer der modernen Zahlentheorie, denn diese ist genauso poetisch wie Shakespeare! Lies weiter auf Seite 28!

1610,3333333333…: Nein, nein, so nicht! Punktrechnungen vor Strichrechnungen!

2412: Klößchens Weihnachtsmannmütze mag vielleicht geschmacklos sein, aber verdächtig ist sie nicht.

5145: Fast richtig. Bedenke, dass der Pfeil in die Leserichtung zeigt …

5415: Richtig! Lies weiter auf Seite 106!

5885: Hast du etwa die Baumstümpfe vergessen?

6859: Fast! Du hast ganz rechts im Park was vertauscht!

6895: Gut gezählt! Weiter geht's in der Knabenlehranstalt! Dort ist eine Schraube locker! Denk mal! Lies weiter auf Seite 83!

6995: Also das in der Mitte ist ein Springbrunnen, kein Baum!

ANHANG DER ZAHLEN

8007: Eine große Taschenlampe mag TKKG gestern geblendet haben, aber es sind Hermann Sauerlichs Initialien drauf – und warum sollte sie der Täter mitbringen, wenn es draußen noch hell ist?

8936: Ich wurde im Militärkrankenhaus geboren.

9038: Ich wurde in einer Kutsche geboren.

11771: Gib dich nicht mit der erstbesten Lösung zufrieden!

12233: Schau noch mal genau hin!

12808: Spiegeln! Du musst spiegeln!

13001: War das jetzt einfach nur geraten?

14731: Das ist richtig! Lies weiter auf Seite 116!

15914: Das ist nicht richtig, schau genauer!

22343: Die Anweisung war: Ohne rechnen!

63890: Ich wurde in der Schneevilla geboren.

98630: Ich wurde in der Jesuiten-Entbindungsklinik geboren. Lies weiter auf Seite 128!

122333: 122333: Genau! Das ist Klößchens neuer Code! Lies weiter auf Seite 62!

151915: Bravo! Sind dir übrigens schon die beiden Streifen ganz hinten in meinem Tagebuch aufgefallen? Schneide sie aus, mach die Ziehharmonika ... und zieh! Lies weiter auf Seite 69!

191519: Nicht SOS, sondern genau andersum: Ostwärts, südwärts, ostwärts!

212211: Da hast du viel zu kompliziert gedacht! Es ist viel einfacher!

312211: Und das ganz ohne Rechnen! Super! Bringe die vier Riegel in die Position 2981! Lies weiter auf Seite 120!

21324134: War das jetzt geraten? Beachte die Hinweise genau!

23124134: Die Abstände zwischen den Dreien und den Einsen stimmen nicht! Versuch es noch mal!

23207184: Das ist Musik in meinen Ohren, Ziehharmonikaspieler! Nun von den Tiefen in die Höhe: Kennst du die Marienkapelle? Dreh dich im Kreis: Zu Weihnachten ist er geboren, aber wie ist er gestorben? Mach überall ein PLUS dazwischen! Lies weiter auf Seite 98!

23234114: Da bist du jetzt ganz auf Abwegen! Die Einsen sind durch eine Zahl voneinander getrennt, die Zweien durch zwei Zahlen, die Dreien durch drei und die Vieren durch vier. Du schaffst das!

23421314: Notiere weiter: »... fünf Messingplättchen ...« Lies weiter auf Seite 81!

13128382408388: Da ist dir eine Neun durch die Lappen gegangen!

13128382908388: Hat du die Vier nicht gesehen?

131283829408388: Gutes Auge! Weiter geht es dort, wo ich geboren bin – schau wie die Vögel auf die Linden! Lies weiter auf Seite 101!

HINWEISE UND LÖSUNGEN

RÄTSEL S. 13

Hinweis 1

[redacted]

Hinweis 2

[redacted]

Lösung

[redacted]

RÄTSEL S. 21

Hinweis 1

[redacted]

Hinweis 2

[redacted]

Lösung

[redacted]

RÄTSEL S. 68

Hinweis 1

[redacted]

Hinweis 2

[redacted]

Lösung

[redacted]

HINWEISE UND LÖSUNGEN

RÄTSEL S. 104

Hinweis 1

[redacted]

Hinweis 2

[redacted]

Lösung

[redacted]

RÄTSEL S. 130

Hinweis 1

[redacted]

Hinweis 2

[redacted]

Lösung

[redacted]

RÄTSEL S. 118

Hinweis 1

[redacted]

Hinweis 2

[redacted]

Lösung

[redacted]

HINWEISE UND LÖSUNGEN

RÄTSEL S. 97

Hinweis 1

[redacted]

Hinweis 2

[redacted]

Lösung

[redacted]

RÄTSEL S. 39

Hinweis 1

[redacted]

Hinweis 2

[redacted]

Lösung

[redacted]

RÄTSEL S. 88

Hinweis 1

[redacted]

Hinweis 2

[redacted]

Lösung

[redacted]

HINWEISE UND LÖSUNGEN

RÄTSEL S. 78

Hinweis 1

[redacted]

Hinweis 2

[redacted]

Lösung

[redacted]

RÄTSEL S. 25

Hinweis 1

[redacted]

Hinweis 2

[redacted]

Lösung

[redacted]

RÄTSEL S. 109

Hinweis 1

[redacted]

Hinweis 2

[redacted]

Lösung

[redacted]

HINWEISE UND LÖSUNGEN

RÄTSEL S. 34

Hinweis 1

[redacted]

Hinweis 2

[redacted]

Lösung

[redacted]

RÄTSEL S. 59

Hinweis 1

[redacted]

Hinweis 2

[redacted]

Lösung

[redacted]

RÄTSEL S. 115

Hinweis 1

[redacted]

Hinweis 2

[redacted]

Lösung

[redacted]

HINWEISE UND LÖSUNGEN

RÄTSEL S. 72

Hinweis 1

[redacted]

Hinweis 2

[redacted]

Lösung

[redacted]

RÄTSEL S. 100

Hinweis 1

[redacted]

Hinweis 2

[redacted]

Lösung

[redacted]

RÄTSEL S. 127

Hinweis 1

[redacted]

Hinweis 2

[redacted]

Lösung

[redacted]

HINWEISE UND LÖSUNGEN

RÄTSEL S. 75

Hinweis 1

[redacted]

Hinweis 2

[redacted]

Lösung

[redacted]

RÄTSEL S. 93

Hinweis 1

[redacted]

Hinweis 2

[redacted]

Lösung

[redacted]

RÄTSEL S. 121

Hinweis 1

[redacted]

Hinweis 2

[redacted]

Lösung

[redacted]

HINWEISE UND LÖSUNGEN

RÄTSEL S. 17

Hinweis 1

[redacted]

Hinweis 2

[redacted]

Lösung

[redacted]

RÄTSEL S. 82

Hinweis 1

[redacted]

Hinweis 2

[redacted]

Lösung

[redacted]

RÄTSEL S. 15

Hinweis 1

[redacted]

Hinweis 2

[redacted]

Lösung

[redacted]